ROMPIENDO LAS REGLAS

ANNA KATMORE

CAPÍTULO 1

Raffael

Nada me mete en más problemas que cuando alguien dice: «Te reto».

¿Mi excusa? Ninguna. Los desafíos que prometen emoción son mi talón de Aquiles. Algún día, sin duda, van a ser mi perdición. El de esta noche, por suerte, solo pone en juego mi integridad. Y tal vez algo más, pero eso aún está por verse.

Tengo el trasero pegado al asiento de una chatarra marrón espantosa que casi se muere de cáncer de escape cuando la traje hasta aquí. Durante todo el trayecto por Londres, una nube de humo negro, densa como la noche, salía por la parte trasera del Ford del 81, como si un genio intentara escaparse por ese tubo podrido. Por desgracia, la humareda sirve de poco para protegerme de las miradas juzgonas de la gente del ambiente de las carreras mientras avanzo entre los cincuenta y tantos autos tuneados que llegaron para lucirse y, quizá, correr por algo de dinero. Un viernes por la noche nada despreciable.

Apago el motor y me bajo del coche, apoyándome en la puerta. Los beats de dubstep que revientan por todo el estacionamiento, detrás del supermercado cerrado de Enfield, me vibran en el pecho. Todo aquí palpita, no solo los coños de las dos muñecas que se contonean en mi dirección. Félix, sentado sobre el capó del coche gris carbón, caliente y brillante, que le queda de maravilla, les echa el ojo a las gemelas con shorts recortados, tops tipo bandeau y botas hasta la rodilla. Me sonríe. Sé exactamente qué está pensando. Ellas podrían salvarme. Pero incluso con la forma en que me miran por encima del hombro y se muerden la sonrisa, sé que no se me van a acercar ni de broma mientras siga rondando esta chatarra horrible que me vi obligado a manejar esta semana. O durante bastante más tiempo si no consigo que una de las muchas conejitas de juego que hay aquí me bese antes de la medianoche.

Besar no suele ser un problema para mí. A las chicas les gusta mi pelo rubio nórdico, rapado a los lados y largo arriba. Se me cae sobre los ojos cuando les lanzo miradas dominantes y las devoro con los ojos. Pero acercarme a una de estas palomas altivas con un montón de metal viejo colgándome del cuello, en un lugar donde el coche más barato cuesta más de cincuenta mil, es un reto. Uno que quizá subestimé. Maldito Félix por cebarme tan fácil con la promesa de una pintura aerográfica para mi coche. Pero en eso es un genio, y lo que quiero le va a llevar días.

Además, la perspectiva de follarme a Tanya en mi sala de juegos era demasiado tentadora como para rechazarla. Tanya, con su mini negro, se ve infinitamente mejor apoyada en el Corvette reluciente de Félix. Doble apuesta con mis dos mejores amigos; sí, básicamente mi sentencia de muerte.

Me he acostado con Tanya más de una vez. La belleza esbelta de cabello negro ama el sexo fetichista tanto como yo y, desde que la introduje en el mundo del bondage y la disciplina hace tres años, supe que nadie más iba a encajar tan perfectamente con mis necesidades como ella.

Casi da pena que no pudiera aceptar lo de una relación cuando salió el tema. Ella siempre quiso el paquete completo. Abrazos y todo eso. No solo bondage y castigo. Bueno, no únicamente. El problema es que no soy una persona cariñosa y, desde luego, no soy el novio adecuado para ella. Félix encajaría mucho mejor en ese papel. A él le gusta quedarse con ella hasta el desayuno después de acostarse juntos, pero no le va el sexo kinky. Una lástima para Tanya. Aunque, en general, eso nos convierte en la pequeña banda perfecta, con algún polvo ocasional con desconocidos de vez en cuando.

—¿Quieres que llame a algunas de mis amigas para que te besen y te liberen, Björnsson? —me provoca Tanya con su sonrisa de megavatios. Oh, eso se va a ganar una nalgada extra, y nada suave, al menos cuando me la gane legítimamente el próximo fin de semana.

—No necesito tu misericordia, dulzura —le respondo, devolviéndole una sonrisa ladeada—. Y tú tampoco tendrás la mía.

Ella se ríe, pero noto que está emocionada hasta la médula por lo que voy a hacerle. Se le ve en los ojos marrones, brillantes. Félix le pasa un brazo relajado por el cuello; la chaqueta de cuero negro se le sube un poco mientras me clava una mirada cómplice.

—No la lastimes demasiado. Si te pasas de rudo, me va a bloquear por días.

—Rudo es como me dicen —arqueo las cejas. Y es

verdad. En más de un sentido.

Un Honda blanco, bajito, entra rodando y se desliza hasta el espacio vacío detrás de mi montura actual, robándome la atención de la chica a la que quiero atar y follar. Es el único lugar libre que queda; de lo contrario, el conductor probablemente habría buscado un sitio muy, muy lejos de la chatarra que encima luce una regadera de lata en el techo. Félix es un sádico. De hecho, encajaría perfecto en una sala de juegos.

El tipo que se baja del Honda lleva una sonrisa de imbécil satisfecho y se gira la gorra negra. La franja entre la tela y la tira ajustable atrapa algunos mechones de cabello oscuro y los deja caer sobre su frente. Nunca lo he visto a él ni a su coche en una de estas carreras callejeras ilegales, pero si maneja tan bien como de sexy es su auto, llegó al lugar correcto. Si sabes llevar un deportivo, es fácil ganarte unos cuantos miles en una noche. Aunque la mayoría de los tipos aquí se esfuerza más en tunear sus máquinas que en perfeccionar su técnica al volante. De hecho, es sorprendente lo mucho que se sobrestiman.

Tengo un departamento en Mayfair, ciento ochenta metros cuadrados en dos niveles, justo bajo el techo del noveno y último piso. Para ser justos, la mitad de mi dinero vino de una herencia cuando murió mi abuela en Islandia. Me dejó unos terrenos que pude vender cuando empecé a estudiar arquitectura. El resto lo he ganado en carreras ilegales por todo Londres. Soy bueno en lo que hago. En mi sala de juegos y en la calle.

El tipo de la gorra rodea el capó de mi coche sin dedicarme ni a mí ni a la vieja chatarra una sola mirada. Tampoco esperaba otra cosa. Va directo al Corvette y lo examina con un brillo codicioso en los ojos, atento al acabado impecable, los rines de veintiuna pulgadas y la placa que dice: ROUGH. Cuando termina su inspección, se detiene frente a Félix, con las manos en los bolsillos, y entorna los ojos al mirarlo.

—¿Tú eres Raffael? —pregunta, con un acento oscuro de la costa sur.

Oh. Esto se pone interesante. Me enderezo un poco sin dejar de recargarme en el trasto oxidado y cruzo los brazos sobre mi camiseta blanca y negra, escuchando lo que el tipo tiene que decirle al verdadero dueño del Stingray C7. Tanya me lanza una mirada escéptica, pero yo solo niego con la cabeza.

—¿Quién quiere saberlo? —responde Félix, imperturbable.

—Me llamo Sebastian Rhyse. —Extiende la mano y frunce el ceño, claramente confundido, al ver el rojo intenso del cabello de Félix. Alguien debió haberle dado una descripción, porque apostaría mi coche, mi coche de verdad, a que esperaba a un rubio platino—. Soy nuevo en la ciudad y me dijeron que el Stingray es buena competencia.

Félix retira el brazo de los hombros de Tanya y choca su mano con la de Sebastian para estrecharla. —Félix Tyrone. Ese no es mi C7. —Me dedica una mueca burlona y luego sigue con Sebastian—. Pero bien podría cambiar de dueño esta noche.

Me río. —Ya quisieras.

Sebastian me lanza una mirada por encima del hombro. Puedo ver el instante exacto en que la comprensión encaja al notar el color de mi cabello. Inclina la cabeza y deja que su mirada recorra todo mi cuerpo con un interés inesperado. Tarda un poco en fijarse en mis ojos y entonces la comisura izquierda de su boca se eleva.

—¿Tú eres Raffael?

Me encojo de hombros, con una sonrisa cínica en los labios. —Sí, aparento menos de mis veintitrés, pero tengo licencia de conducir, lo prometo.

Me separo de la chatarra oxidada y, por desgracia, me llevo la manija de la puerta conmigo. Cae al suelo con un estruendo. La miro un segundo, con las manos hundidas en los bolsillos de mis pantalones skater negros. Sí, eso es… una mierda. Suspiro, la dejo ahí y vuelvo a mirarlo.

—¿Qué quieres con mi coche?

Su mueca hace que se le iluminen los ojos. —En el mejor de los casos, los papeles de propiedad. —Tatuajes maoríes negros asoman bajo la manga arremangada de su camisa negra y recorren todo su antebrazo derecho. El patrón me resulta extrañamente calmante. Todo está ordenado dentro de líneas claras. Las reglas siempre me han mantenido centrado. Cuando miro con más atención, noto una pulsera de cuero sencilla y bonita en la muñeca izquierda, que combina a la perfección con los tatuajes de estilo neozelandés. Que lleve el reloj negro en la muñeca derecha, en cambio, me irrita un poco. Es el lugar equivocado para un reloj.

—¿Quieres correr contra mí? —le suelto.

—Tienes reputación. Siempre estoy dispuesto a aceptar desafíos interesantes.

Sí, yo también. He ganado varios coches en el pasado, casi siempre para venderlos después por buen dinero. En contadas ocasiones los perdí en otras carreras, pero casi nunca apuesto mi Corvette. Mi bebé es sagrado para mí. Pero ahora mismo solo tengo el montón de chatarra a mis espaldas para ofrecer. Y Sebastian no parece alguien que vaya a aceptar los papeles de eso. —Lamento decepcionarte. Por ahora no estoy en posición de decidir sobre mi coche.

Ni siquiera tengo permitido manejarlo. Y como la carrera de esta noche empieza en cuestión de minutos, es poco probable que una conejita bonita me bese para liberarme antes de que todos los corredores se dirijan a la línea de salida. Sobre todo porque ni siquiera he empezado a coquetear con ninguna para atraerla.

Las cejas rectas y oscuras de Sebastian se fruncen hacia el puente de su nariz. —Apuesta estúpida. Historia larga —aclaro sin que llegue a hacer la pregunta en voz alta.

Félix tira de Tanya para sentarla entre sus piernas y cruza los brazos por debajo de sus pechos. Con la barbilla apoyada en su hombro, se ríe. —Un beso voluntario de cualquiera de aquí antes de que termine la carrera mientras estás apoyado contra —asiente hacia el Ford— eso.

—Ah, ya… —Sebastian se frota la nuca, mirando alrededor del lugar lleno de gente hermosa y coches todavía más hermosos. Definitivamente conoce bien la superficialidad del ambiente—. Va a estar difícil.

Difícil, pero no imposible. Aunque ya debería dejar de perder el tiempo charlando con desconocidos y ponerme manos a la obra.

—¿Cuáles son las reglas? —pregunta, volviéndose

hacia Félix—. ¿Solo chicas?

¿Qué clase de pregunta tan idiota es esa? Mis dos amigos sonríen como lunáticos, y Félix hace un gesto despreocupado con la mano. —Si Raff cree que puede atraer a algunos tipos para besuquearse con él, puede hacerlo todas las veces que quiera. —Echa la cabeza hacia atrás y se ríe—. Joder, ahora desearía haber puesto esa regla desde el principio.

La mirada fija de los ojos oscuros de Sebastian despierta algo extraño en mi estómago cuando vuelve a recorrerme con la vista. Le dedica una sonrisa ladeada a Félix. —No, no lo deseas. —Un segundo después, acorta la distancia entre nosotros en dos zancadas decididas. Lo siguiente que siento es la puerta del Ford oxidado contra mi espalda y un cuerpo masculino presionándose de lleno contra el mío. Me saca el aire de los pulmones. Sebastian me toma la cara con ambas manos y me planta un maldito beso en los labios.

Jesucristo.

Todo mi cuerpo se queda rígido. Solo mis manos chocan contra el metal de la chatarra en busca de apoyo, de lo que sea. Pero no hay escapatoria de este momento.

Los cinco centímetros que Sebastian me saca sobre mi metro ochenta y cinco pasan a segundo plano cuando se inclina y ladea la cabeza. Cuando su lengua se desliza dentro de mi boca y roza la mía en una caricia lenta y sensual, puedo saborear el rastro de su último cigarro mezclado con algo dulce, quizá una Coca. Para mi absoluto asombro, la lengua de un hombre se siente muy parecida a la de una mujer. Solo la barba incipiente raspando contra mi piel afeitada hace distinto el beso y lo carga de una carnalidad inesperada. Demonios, esto es raro.

Y aún más extraño es que mi cuerpo quiera ceder. Joder, no estaré disfrutando esto, ¿verdad? Ni de broma. Se me eriza la piel cuando caigo en la cuenta de que toda la comunidad de carreras de Londres podría estar mirándonos.

El momento termina tan rápido como empezó, y Sebastian me suelta. Con los labios todavía curvados en una expresión sensual, da un paso atrás y se mete las manos en los bolsillos de sus jeans rotos. Él está tranquilo.

Yo no.

Con el ceño fruncido, confundido, me llevo las yemas de los dedos a la boca. —Gracias… ¿supongo? —murmuro, sin estar seguro de que sea lo correcto decir. Luego me paso la palma por los labios con brusquedad, la mirada saltando por el lugar para comprobar las reacciones de la gente. Pero nadie parece haberse dado cuenta. Nadie salvo mis dos mejores amigos.

La risa de Félix rebota entre los coches cuando se acerca y deja caer las llaves de mi Corvette en la palma abierta de mi mano. —Aquí tienes, amigo. Te lo ganaste. Vaya beso.

—Sí, ya, contrólate —gruño, poniendo los ojos en blanco mientras lucho por recuperar firmeza en la voz. Ese tono áspero no se parece en nada a mí, al menos fuera de mi sala de juegos.

Ignorando la mirada aún intensa de Sebastian, me abro paso entre la gente y voy directo hacia los dos bombones que acabo de ganar. Tanya me observa acercarme con una sonrisa ladeada. La agarro del cuello y la arrastro hacia mí, presionando mi boca contra la suya en un beso duro y profundo, intentando borrar el sabor de Sebastian de mi lengua. —Te veo en mi sala de juegos —ronroneo contra sus labios, por fin centrado, de vuelta en mí—. Mañana a las diez.

La suelto de inmediato y deslizo los dedos por las ranuras de ventilación del cofre del Corvette, siguiendo el acabado liso a lo largo del marco del parabrisas. —Hola, preciosa. ¿Me extrañaste? —El corazón me late con fuerza, anticipando por fin volver a sentarme al volante de mi bebé.

La puerta se abre con ese clic grave y familiar que me da la bienvenida. Me deslizo en el asiento del conductor, una pierna dentro y la otra fuera, con el pie todavía apoyado en el concreto. Al instante me envuelve el olor a cuero. No hace falta meter la llave para arrancar; funciona con botón mientras la llave esté dentro del habitáculo. La vibración de los cuatrocientos noventa caballos de fuerza tiembla bajo mi cuerpo. Acaricio el volante deportivo como si fuera el cuerpo de una mujer sexy, cierro los ojos y me permito disfrutar de la sensación de estar de vuelta en mi cielo personal.

—Cuando termines de follarte a tu coche, ven a verme a la línea de salida.

Abro los ojos con la risa de Sebastian y le doy un asentimiento breve al hombre que se apoya con un brazo en la puerta abierta.

¡A correr, cariño!

El asfalto sigue caliente por las temperaturas abrasadoras de este final de junio. Las condiciones perfectas para las llantas. Se pegarán al pavimento como un tren a los rieles.

Mi corazón late al ritmo del bajo de los altavoces mientras avanzo a paso de tortuga hasta la línea de salida. Cuatro coches rugen sobre la marca, y tomo el lugar del centro. El Honda blanco espera a mi izquierda; su conductor me clava una mirada desafiante a través de la ventanilla del copiloto abierta.

—¿Apuestas tu coche, guapito? —grita.

Las carreras que organizamos siempre exigen una cuota de entrada de mil libras, sin rodeos. Es lo estándar. El ganador se lleva todo. Solo en raras ocasiones los conductores suben la apuesta de forma extraoficial.

Una descarga eléctrica me recorre cuando muerdo mi labio inferior. No tengo idea de qué clase de piloto es. ¿Temeroso, prudente, estúpido, temerario? Nunca lo he visto correr. Podría ser un imbécil inconsciente desafiándome aun cuando claramente ha oído hablar de mi reputación. O podría ser mi igual. Perder mi Corvette otra vez esta noche arruinaría por completo mi semana. Ganar su Honda podría salvarla.

El corazón me late en la garganta. Ah, al carajo. Asiento con la cabeza. Y Sebastian sonríe, girándose despacio para volver a mirar al frente.

Nikki, una muñeca esbelta con hot pants negros y tacones tan altos que podrían ponerla a la altura de un rascacielos, camina por la fila y recoge la cuota de entrada de cada conductor. Le lanzo un beso y le guiño un ojo cuando le entrego mis mil libras, un fajo grueso de billetes que saco del bolsillo. Me desea suerte con la curva de sus labios pintados de un rojo intenso.

Con el dinero asegurado con Rob, uno de los cinco jueces de línea, Nikki toma dos banderas a cuadros y se coloca frente a nosotros. Elliot y Master B han estado monitoreando la radio de la policía. El genio japonés y el fumado con rastas hasta los hombros son expertos en hackeo y los encargados de darnos luz verde. Literalmente. Para estudiantes de programación, colarse en el sistema de tráfico y manipular algunos semáforos para dejarnos vía libre durante las próximas dos millas de Old-Park Ave y alrededor de Bush Hill Park es pan comido. Es un circuito que ya he hecho varias veces, aunque no recientemente. Aun así, conozco cada bache del camino, el peralte de cada curva y los puntos exactos donde conviene levantar el pie si quieres terminar el recorrido.

Cuando Nikki alza las banderas bien por encima de la cabeza, los motores del Honda blanco y del Nissan rojo oscuro a mi derecha rugen como leones en celo. Yo también piso el acelerador un instante, solo a modo de saludo. Tras su última señal a los chicos hackers, la cola de caballo de Nikki vuela sobre su hombro. Y entonces baja las banderas, como el batir de alas de un águila.

Piso el acelerador a fondo y suelto el embrague. La transmisión mejorada permite cambios más cortos, y voy devorando marchas a toda velocidad. El Corvette es una bestia deportiva compacta, dócil en las manos correctas y siempre lista para hacer travesuras. Volamos por la calle, rebasando coches detenidos en las vías laterales por semáforos que ahora inexplicablemente están en rojo. No necesito mirarlos para saber que los conductores giran la cabeza de un lado a otro, boquiabiertos.

A los doscientos cincuenta metros de carrera, el Honda, el Nissan, un BMW negro y yo seguimos rueda a rueda. El Golf violeta, con probablemente apenas menos de cuatrocientos caballos, empieza a quedarse atrás. La sangre me hierve cuando nos acercamos a la primera curva cerrada a la izquierda. Este punto va a decidir quién se queda con la punta, porque no hay espacio suficiente para que cuatro coches la tomen al mismo tiempo. Todos manejamos bien. Todos tenemos máquinas rápidas. Pero solo el más temerario se va a poner al frente. Y pienso ser yo.

Bajo una marcha, piso el freno con precisión y vuelvo a acelerar, apuntando al trazado más corto posible de la curva. Dejamos atrás al Nissan, y el BMW también reacciona una fracción de segundo demasiado tarde. Derrapo con elegancia alrededor del giro; el chillido de las llantas promete que pronto necesitaré un juego nuevo para el Stingray. El Honda derrapa a mi lado, por el exterior. Le sale caro. Y ahí vamos… ¡punta!

El Honda de Sebastian me respira en la nuca. Está

tan cerca que no veo ni sus faros ni siquiera el cofre en el retrovisor. Esta es la parte corta del parque. Tendría que estar loco para intentar adelantarme aquí, porque yo me adueño del carril junto a la acera y, de todos modos, perdería medio segundo al verse obligado a tomar otra vez la curva exterior en el tramo largo.

El Nissan, el BMW y el Golf ya quedaron fuera. A menos que Sebastian y yo nos saquemos mutuamente de combate en esta parte de la carrera, para ellos el juego terminó por completo. No tienen ninguna posibilidad de llevarse el premio.

Pero el Honda sigue siendo un dolor de cabeza. Veo por el retrovisor el momento exacto en que se prepara para adelantarme, pero llevo el acelerador clavado al fondo. Sebastian pelea por cada centímetro de asfalto, y yo también. Y cuando nos acercamos a la meta, justo después de la última curva, nuestras ruedas delanteras parecen siamesas.

Cien metros. Suficientes para que el imbécil me saque media longitud de ventaja. Pero sigo estando mejor posicionado para derrapar hacia la meta. Bajo una marcha, toco el freno y siento cómo la parte trasera del Corvette acompaña el movimiento. Con no más de sesenta centímetros entre la puerta de mi coche y la suya, Sebastian hace lo mismo y, como si fuéramos uno solo, derrapamos juntos la curva final, deslizándonos sobre la línea de llegada con cientos de personas celebrando a ambos lados.

¡Joder! No es nada fácil decir quién consiguió esos centímetros finales decisivos para ganar la carrera.

Con el corazón martillándome brutalmente en el pecho, detengo el Corvette en medio del estacionamiento y me bajo. Sebastian ya ha dado un portazo. Mientras los jueces de línea evalúan los videos y las fotos en sus celulares para nombrar al ganador de las cinco mil libras, Sebastian se acerca y levanta la mano a la altura del pecho. Choco la mía contra la suya y la aprieto un instante. Mucho mejor que besar al tipo. —Carrera increíble —lo felicito—. Respeto.

Sebastian sonríe de lado y suelta mi mano. —Así que es verdad lo que dicen. Eres único, Raff.

Ya no estoy tan seguro. Él realmente está a mi nivel. Mierda, solo espero no haber perdido—

—¡Empate! —grita Rob desde el corrillo de jueces de línea que hasta ahora tenían las cabezas juntas—. ¡Es un puto empate!

—¿Qué...? —La palabra se me quiebra en la garganta ronca y siento cómo se me va el color del rostro. Rob y Lauren vienen corriendo hacia nosotros, ambos mostrando en las pantallas de sus teléfonos unas tomas espectaculares de la llegada, el Corvette y el Honda cruzando la línea completamente sincronizados. Si no fuera mi coche, habría silbado de admiración. Ahora mismo estoy tan silencioso como el último rayo de sol del día.

—¡Mierda, no! —Sebastian se lleva las manos a la cabeza, por encima de la gorra, pero se lo toma con mucha más gracia que yo y se ríe, incrédulo.

No me importa que el premio se divida en dos y que más que duplique mi cuota de entrada. ¡Voy a perder mi Corvette esta noche! ¡Otra vez! Porque un empate significa—

—Tenemos que intercambiar coches —dice Sebastian con total calma.

Sí. Tenemos que hacerlo. Está en las reglas. Pero no quiero entregar mi 'vette. ¿Qué demonios voy a hacer con un puto Honda?

Sigo un poco fuera de mí cuando Nikki nos entrega a cada uno nuestra parte del premio y guardo el fajo de billetes en el bolsillo. Una palmada en el hombro me hace levantar la cabeza de golpe.

—¡Eso sí que fue impresionante, por una vez! —vitorea Félix, pero su expresión se le cae en cuanto ve mi cara—. Lo siento, amigo.

Tanya me coloca los dedos bajo la barbilla y sonríe de lado, con una mirada desafiante en los ojos. —No, nada de carita de cachorro triste, Riff-Raff. El Honda también es un coche sexy. Solo necesitas hacer un poco de contacto, acostumbrarse el uno al otro. —Arruga la nariz como un conejito para provocarme—. Le van a encantar tus rarezas.

Le agarro la muñeca con fuerza y le aparto la mano. La chica claramente está pidiendo nalgadas hasta que el trasero se le ponga del color de un campo de fresas. No me llamaría Riff-Raff si no buscara castigo. Con brusquedad la acerco a mí y gruño tras una sonrisa. —Mañana, dulzura. Mañana…

Tanya gime de anticipación. Cuando aflojo el agarre, se zafa y vuelve al lado de Félix. Entrelaza los dedos sobre su hombro, apoya la barbilla en ellos y me lanza una mirada ardiente. Está deliciosa cuando se pone en plan provocador de gata salvaje. Lástima que yo solo coma mis platos encadenado y con los ojos vendados en mi comedor.

CAPÍTULO 2

Gané el Corvette.

Perdí mi Honda.

¿Celebrar o estrellar el puño contra la pared?

Joder, ni idea.

Es mi primer empate, y casi nunca pierdo. Claro que quise a esta belleza oscura desde el segundo en que la vi hace veinte minutos, y quizá también a la rubia platino. Pero intercambiar autos jamás fue parte del plan.

En el remoto caso de que pierda mi coche en una carrera, siempre llevo los papeles conmigo. Están en la guantera. No tengo idea de cómo piensa manejar esto Raffael, así que me apoyo contra el Honda, cruzo los tobillos, me planto con los brazos cruzados sobre el pecho y le doy un momento para que bromee con sus amigos antes de meterme. —¿Listo para soltar tu nave? ¿Traes los papeles del coche contigo?

Aparta la mirada de la chica que parece estar con su amigo pelirrojo… o tal vez no, y me clava una expresión dura. —Hace una semana que no manejo mi coche. Los papeles están en casa. Puedes seguirme.

No, él tampoco está feliz con el intercambio.

Asiento y lo veo deslizarse hasta el asiento del Corvette sin decir una palabra más, la frente marcada por líneas de frustración. Cuando cierra la puerta y enciende el motor, me subo a mi propio vehículo y pulso el botón para que el motor ronronee como un jaguar. De todos modos, la policía seguramente aparecerá en cuestión de minutos. Lo que hicieron los chicos con los semáforos no va a pasar desapercibido por mucho tiempo. La multitud ya empezó a dispersarse.

Doy marcha atrás y me coloco detrás de Raffael mientras espera con un brazo apoyado en la ventanilla abierta, rodeado de sus amigos. —La llave del Ford está puesta. Vuélvela a enterrar en el mismo agujero de mierda del que la sacaste —dice con una sonrisa burlona. Me arranca una carcajada. Demonios, ¿qué clase de apuestas tan idiotas se les ocurren a estos tipos cuando la PlayStation deja de funcionar?

Aunque quizá ya debería dejar de verlos como chicos. Raffael dijo que tiene veintitrés. Apenas dos años menos que yo, y aun así tenía razón: no aparenta su edad. Por un segundo casi me sentí un pedófilo cuando lo besé antes. Sí, claro… no, no me sentí así. En sus ojos hay una frialdad dominante que compensa de sobra la experiencia que le falta a ese rostro todavía aniñado.

Podría decir que es totalmente mi tipo. Pero sería mentira, porque en realidad no tengo un tipo. Me acuesto con casi cualquiera que prometa pasarla bien, tenga vagina o tenga culo, me da igual. Lástima que él no parezca jugar para los dos equipos. Era obvio que yo fui el primer beso masculino de su vida; se le notaba en la cara y en la tensión inicial cuando deslicé la lengua entre sus labios. Aun así, para ser un primer beso, no estuvo nada mal.

Cuando sale del estacionamiento y se incorpora al tráfico que vuelve a moverse, me pego a su parachoques y lo sigo por Londres. Pasamos de largo la curva hacia mi casa en Primrose Hill y seguimos rumbo a Mayfair. Niño rico, ¿eh? El Corvette ya lo insinuaba, aunque también podría ser fruto de su alcancía. Pero en el instante en que doblamos en Brook's Mews, reduce la velocidad y baja al estacionamiento subterráneo bajo la torre, se me disipan todas las dudas.

Lo sigo por el camino serpenteante hasta un lugar que grita "dinero" por todos lados. Porsches, Audis, un montón de BMW y hasta un Lambo de un rojo cereza imposible están alineados aquí para pasar la noche. Raffael va directo al lugar 37, junto a un Jeep negro brillante en el que podría vivir cómodamente una familia de osos. Yo estaciono el Honda en el 37A, que seguramente es el espacio para sus invitados.

Apago el motor y me quedo unos segundos más sentado, con los dedos cerrados alrededor del volante. Se me escapa un suspiro. Amo este coche. Es como una mascota leal. Un perro que adopté cuando era un cachorro revoltoso y al que ayudé a convertirse en el mejor compañero posible. El Corvette es un buen trato, sí. Un ascenso, sin duda. Si tiene carácter, ya lo descubriré.

Saco los papeles de la guantera y por fin bajo.

Raffael parece sentir algo parecido por su Corvette. Pasa la mano por el borde del techo y la desliza por el pilar del parabrisas. Juro que sus labios forman palabras silenciosas: "Cuídate, preciosa".

Me siento sobre el capó del Honda y espero a que

suba a buscar la documentación a su departamento. Entonces me mira y asiente hacia las puertas de aluminio del ascensor, al otro lado del estacionamiento. —Podemos hacer todos los trámites arriba. ¿Quieres subir por una cerveza?

Suena mejor que quedarme esperando en el sótano. —Claro. —Lo sigo a través del garaje, maravillándome con los símbolos de estatus que nos rodean. El pitido breve que emite mi coche cuando presiono el botón de cierre del control remoto suena como una despedida definitiva.

Hay dos ascensores aquí abajo, separados por unos metros. Raffael llama al que tiene el cartel de Privado, y un marco rojo se ilumina alrededor del botón cuadrado cuando aparece la flecha hacia arriba. Un instante después, las puertas se deslizan y Raffael entra primero. La columna vertical con los números de los pisos está protegida con un teclado numérico y, tras seleccionar el noveno piso, introduce cuatro dígitos. No hace ningún intento por ocultar el código. 2-1-1-2. ¿Tal vez su cumpleaños en diciembre?

La cabina es lo bastante grande para cinco o seis personas, con mármol y espejos por todas partes. Raffael se apoya de espaldas contra una de las paredes laterales, con los tobillos cruzados y los dedos enganchados al pasamanos a la altura de la cintura, a cada lado de las caderas. Yo me recargo en la pared opuesta, con las manos hundidas en los bolsillos.

Como ninguno de los dos dice una palabra, tengo tiempo de sobra para estudiar su rostro mientras subimos al noveno piso. Penthouse. Vaya, sí que tiene estilo. Y unos ojos de un azul tan ártico que podrían congelar el aire del ascensor, incluso sin que él se esfuerce por asesinarme con la mirada. Con su cabello platino y la piel pálida que seguramente no puede evitar, el tipo parece un glaciar. Uno jodidamente sexy.

—¿Noruega? —suelto al azar.

El ascensor se detiene y las puertas se esconden en las paredes. —Islandia —responde con voz fría mientras sale directo hacia la zona de estar de su departamento, iluminada por focos dispersos en el techo. Más luces se encienden de forma automática a medida que avanza. Me separo de la pared espejada y acepto su invitación silenciosa, recorriendo con la mirada el enorme espacio.

El suelo está cubierto de baldosas de pizarra color grafito, y el sofá blanco de cuero en medio del área, entre el ascensor y los ventanales gigantes con vista a Mayfair, se impone como una corona. El seccional en forma de L da a una mesa de centro baja colocada sobre una alfombra de angora turquesa, y al fondo se alzan vitrinas de vidrio como guardias silenciosos. Los audífonos gamer y el control sobre la mesa me arrancan una sonrisa y me hacen buscar el centro de entretenimiento. Ahí está. Una pantalla plana monstruosa fijada a la pared izquierda, con una PS4 y una Xbox One en estantes negros debajo. Lo sabía, es gamer.

Mientras Raffael gira a la izquierda hacia el área abierta del comedor y la cocina, yo sigo embobado con la escalera curva que, obviamente, conduce al segundo piso del departamento. —¡Carajo!

Raffael se ríe por mi exabrupto impresionado, y el sonido se mezcla con el tintinear de botellas en la puerta del refrigerador cuando lo abre. Me acerco y me apoyo con una cadera en la enorme isla de la cocina, cruzando los brazos después de dejar los papeles del Honda sobre la superficie de mármol oscuro. Cierra el refrigerador de un golpe y trae dos botellas. Engancha la tapa de la cerveza en el borde de la encimera, la destapa con un chasquido seco y la deja frente a mí. Luego desenrosca la tapa de su botella de agua y la alza.

—¿No te gusta beber antes de irte a dormir? —lo pincho, agarro la cerveza y la choco contra su antitrago—. Salud.

—No bebo alcohol. —Se lleva la botella a la boca y añade—: Para nada —antes de dar un sorbo.

Con una leve expresión de sorpresa, alzo apenas las cejas mientras la cerveza fría baja por mi garganta. Mi pregunta silenciosa le arranca un encogimiento de hombros despreocupado.

—Me gusta mantener el control.

—¿Control? —Ahora sí, el tipo de cuerpo definido, aunque no tan musculoso como el mío, despierta de verdad mi curiosidad—. ¿De qué?

—De todo. —Vuelve a enroscar la tapa de su botella de agua y la deja sobre la encimera sin soltarla, los dedos largos rodeándola—. De la gente. De los coches. Pero, sobre todo… de mí mismo. De mi mente. El alcohol te hace hacer estupideces.

Alzo una ceja burlona y hablo con la boca de la botella apoyada en los labios.

—¿Como meter el culo en una apuesta con un Ford destartalado y un beso?

—No. —Sonríe, pero la sonrisa no le llega a los ojos—. Esa fue una apuesta muy controlada.

Suena intrigante. Y triste.

—No te sueltas con facilidad, ¿verdad?

—Nunca. —Raffael se ríe. Joder, incluso eso suena controlado, y me dan ganas de escarbar más hondo en su psique. Mucho más hondo.

Sale de la cocina y desaparece en una habitación junto a la escalera. Cuando vuelve con un montón de papeles que deben ser del Corvette, imagino que ese cuarto es algún tipo de despacho. Lo deja todo sobre la encimera con un bolígrafo azul encima. En el ambiente de las carreras es costumbre tener preparado un contrato de compraventa del coche. Al parecer, Londres no funciona de forma muy distinta a Eastbourne, el pueblo donde nací y crecí, y donde corro ilegalmente desde los dieciocho.

Tomo el bolígrafo y firmo ambos contratos en los lugares indicados. Luego se lo devuelvo y Raffael acerca la documentación hacia sí.

—Es viernes por la noche —señala mientras firma junto a mi nombre—. No vas a encontrar ninguna aseguradora ni oficina de tránsito abierta antes del lunes para dar de baja los coches y cambiar la titularidad de forma legal. —Levanta la vista y deja el bolígrafo despacio—. Supongo que igual quieres hacer el intercambio esta noche.

Claro que sí. Con una sonrisa, asiento.

—Así los dos podemos ir conociendo nuestras nuevas naves durante el fin de semana. Joder, me muero por saber qué esconde tu belleza bajo la falda.

No reacciona a mi provocación; solo saca el llavero del bolsillo y desprende la llave del Stingray. Con un suspiro melancólico, la deja sobre el montón de papeles del coche. A cambio, recibe la mía.

—Pasaré la próxima semana para cerrar todo.

Raffael observa cómo la llave negra del Corvette desaparece en mi bolsillo.

—No voy a tener mucho tiempo para probar el Honda este fin de semana. Se queda un amigo en casa. —Recién entonces su mirada sube hasta encontrarse con la mía—. Pero tú puedes desquitarte con el mío.

Sus palabras resuenan con fragmentos de la conversación que le escuché antes con la casi novia de Felix.

—¿La de cabello negro? —tanteo, dando otro sorbo a la cerveza—. ¿Qué es ese trío que tienes tú con tu amigo y ella?

Inclina la cabeza y me estudia un segundo, los labios curvándose en una sonrisa ladeada.

—Vaya, cómo te gustaría saberlo, ¿no?

—Y tanto. —Dejo la botella a medio vaciar y meto las manos en los bolsillos traseros de mis jeans—. Pero si no quieres soltar prenda, al menos podrías contarme cómo un tipo de tu edad financia un lugar tan increíble. —Giro sobre mí mismo, volviendo a observarlo todo—. Está impecable. Da la impresión de que ni siquiera usas la cocina. —¿A qué te dedicas, tío?

Raffael se ríe, joder, una risa auténtica esta vez. El sonido hace que vuelva a mirarlo.

—Tuve una abuela rica en Islandia —admite—. Y

gané algunos coches de lujo que luego vendí.

—Vale, una buena herencia y algo de suerte en las carreras callejeras. Entendido.

Se encoge de hombros ante mi conclusión directa.

—¿Quieres que te enseñe el departamento?

Admito que me pica la curiosidad por ver cómo vive, así que asiento y él se pone en marcha. Al seguirlo hasta la habitación en la que desapareció antes, confirmo que no me equivocaba. Es un estudio, aunque no solo eso. Hay un escritorio enorme frente a una ventana a la izquierda y varias pesas alineadas a lo largo del lado derecho. Sobre el banco de press, mi atención se engancha en tres fotografías verticales, perfectamente alineadas, separadas por una distancia exacta que, juntas, muestran la aurora boreal sobre lo que supongo es Islandia.

—¿Cuánto tiempo llevas viviendo en Londres? —pregunto mientras me acerco a los ventanales y miro las luces de la calle, muy abajo. Su acento extranjero apenas se percibe, pero una vez que sabes de dónde viene, lo notas si prestas atención.

—Mi familia se mudó a Inglaterra cuando yo tenía siete años. Después de que murió mi abuela, mis padres regresaron a nuestra tierra y volvieron a vivir en su casa.

—¿Sin ti?

—Supongo que me volví un auténtico chico de Londres. En Islandia hay demasiado espacio y demasiado silencio. Además, la universidad está aquí. No quiero irme.

Me doy la vuelta y lo encuentro medio sentado en el borde del escritorio, con los brazos cruzados y esos ojos de halcón fijos en mí. Me acerco y aparto unos papeles que parecen planos arquitectónicos de un centro comercial o algo por el estilo.

—¿Esto lo hiciste tú?

Descruza los brazos y se agarra al borde del escritorio a la altura de las caderas, bajando la cabeza para mirar los planos.

—Es un proyecto para mis materias.

—¿Estudias arquitectura? —Alzo la vista y frunzo el ceño. Raffael asiente, así que la siguiente pregunta se me escapa con más incredulidad de la que pretendía—. ¿Por qué?

—¿Por qué no? —me devuelve la mirada, desafiante.

—No sé. Supongo que con todo esto de las carreras pensé que te dedicarías a algo más…

—¿Imprudente? —Sonríe de lado, completando la palabra que me faltaba. Cuando se aparta del escritorio y sale del cuarto, lo sigo y cierro la puerta detrás de mí—. En realidad me gusta el trabajo estructurado como dibujante —explica mientras sube las escaleras—. Me tranquiliza que las cosas sigan reglas y que todo esté dentro de líneas definidas.

Suelto una risa y deslizo la mano sin apuro por la baranda curva de acero inoxidable mientras subo dos escalones detrás de él.

—Ah, lo del control.

Raffael me lanza una mirada intensa y una sonrisa ladeada por encima del hombro.

—Exacto.

Joder, sus ojos azul claro juegan con la penumbra de una forma que me hace apretar los dedos alrededor del pasamanos.

Cuando vuelve a mirar al frente, dejo que mi vista recorra otra vez el enorme departamento desde una perspectiva de águila. Todo está jodidamente impecable. No hay platos sucios en la cocina ni un solo calcetín tirado por ahí, algo bastante raro en un tipo de su edad que vive solo.

—¿Quién limpia aquí? ¿Tú?

—Rosa. Viene dos veces por semana, pero trato de no hacer demasiado desastre y facilitarle el trabajo.

Una empleada doméstica. Ni siquiera sé por qué me sorprende.

El descanso de arriba se divide en dos direcciones, con una habitación en cada extremo y dos puertas en el centro. El primer cuarto que me muestra es su dormitorio. Nos detenemos en el umbral; está claro que es lo más cerca que me va a dejar estar de sus sábanas. Es exactamente como lo imaginaba. Una cama king size perfectamente hecha con sábanas de satén oscuro, centrada contra la pared, y más ventanales de piso a techo con vista a la ciudad.

—Lindo.

Hay apenas tiempo de distinguir un banco frente a las ventanas y una puerta que probablemente conduce a un vestidor, junto a una cómoda baja, antes de que cierre el acceso a su espacio privado.

La siguiente puerta da a un baño lujoso, revestido en piedra, con una ducha a ras de suelo detrás de una pared de vidrio completamente transparente y una bañera exenta. Silbo entre dientes. Hay un doble lavabo de mármol oscuro, pero tengo la fuerte sospecha de que Raffael vive aquí solo.

A propósito —o eso creo— pasamos de largo la segunda puerta del centro del descanso, y me deja asomarme al cuarto frente a su dormitorio.

—El cuarto de invitados —aclara.

Está claramente pensado para mujeres. Todo se ve mucho más suave y acogedor que su propio dormitorio. Las sábanas de la cama queen son de un rojo profundo y se ven lujosas. Hay varios cojines pequeños con rosas y una mesa de maquillaje con un espejo de tres cuerpos. Velas repartidas por el lugar y, sobre el alféizar de la ventana, la única planta en maceta que he visto en todo el departamento.

—¿Cómo se llama? —pregunto sin poder evitarlo, apoyándome en el marco de la puerta frente a él y cruzándome de brazos mientras espero su respuesta.

—¿Quién?

—La chica que tú y Felix parecen compartir. Creo que es ella la que usa este cuarto de vez en cuando, ¿no?

Raffael se muerde el labio inferior y me recorre con la mirada mientras lo piensa, deliberando con total claridad.

—Tanya —admite al final, esbozando una pequeña sonrisa.

Salvo porque él mantiene las manos en los bolsillos casi todo el tiempo, estamos apoyados de forma casi perfectamente simétrica en el marco de la puerta, con las puntas de los pies a nada de tocarse en el centro. Su camiseta amplia, de tejido tipo punto, dividida con precisión en negro y blanco, empieza a parecerme un reflejo exacto de su mente. Tiene una sonrisa absolutamente hermosa, pero no se permite mostrarla, como si fuera en contra de las reglas de su mundo. Frialdad ártica frente a una suavidad juvenil inesperada. Ambas facetas resultan igual de hipnóticas.

Dejo pasar el pensamiento y vuelvo al tema.

—Entonces, ella está más o menos con tu amigo, pero tú te la coges de vez en cuando. ¿Ese es el arreglo?

Míralo tú: Raffael tiene hoyuelos.

—Puedo jugar un poco con ella. —Su mirada, ahora más cálida, se desliza un instante hacia la puerta que todavía no ha abierto—. Y no son pareja. Los tres llevamos pasando el rato y follando juntos desde hace… siempre.

Sí, eso quedó bastante claro. Me río y luego señalo el cuarto secreto.

—¿Y ahí qué hay?

—El patio de juegos. —Hasta su voz suena juguetona ahora—. Es para experimentar.

—¿Puedo ver?

Inclina apenas el torso hacia adelante para despegarse del marco sin usar las manos. Aun así, saca una del bolsillo y la coloca alrededor de la perilla de la puerta misteriosa. Se detiene y se vuelve hacia mí.

—La llave de este cuarto es tu palabra de seguridad.

Ah, ahora sí se pone interesante. Con una sonrisa lasciva, me acerco despacio y me detengo a apenas unos centímetros de su cuerpo. Puedo sentir su calor. Sin apartar la vista de sus ojos, coloco mi mano sobre la suya en la perilla, cierro los dedos y giro para abrir la puerta a su espalda.

—Yo no uso palabras de seguridad —murmuro, casi rozándole los labios.

CAPÍTULO 3

Raffael

La mano de Sebastian está caliente, un poco áspera. Seguro llena de callos de girar el volante con el talón de la mano, mientras la otra no se separa de la palanca de cambios.

Siento su aliento en la cara, su cuerpo invadiendo mi espacio personal como si mi privacidad no significara nada para él. O como si lo hiciera a propósito para provocar esta sensación que me retuerce el estómago. Cuando gira la perilla bajo mis dedos, me muevo con la puerta que se abre para escapar de él. Normalmente no soy de retroceder ante una confrontación. Esta noche solo me alejo de un exceso de intimidad.

Sebastian apenas se ríe de mi reacción y entra caminando a mi cuarto de juegos. Acciono el interruptor junto a la puerta y una luz tenue e indirecta se enciende desde una ranura que recorre el borde del techo. Una cama con dosel de caoba ocupa una de las paredes, con el colchón cubierto por sábanas de un violeta profundo. La forma se refleja en los ventanales, junto con la silueta de Sebastian que deambula despacio por la habitación.

Los armarios y estantes son de la misma madera oscura que la cama y recubren las paredes pintadas en un tono neutro, color latte macchiato. Odio los colores chillones, sobre todo cuando crean una atmósfera vulgar en una habitación pensada para la estética. Aquí no hay nada obsceno.

Tampoco necesito demasiados muebles de juego sofisticados. Ni juguetes sucios. Las esposas acolchadas que cuelgan del travesaño de la cama son, en realidad, mis favoritas. Tanya se ve increíble cuando cuelga de ellas, con los ojos vendados y temblando ante lo que está por venir.

Cruzo hasta la cama y me apoyo en uno de los postes del pie, observando cómo Sebastian explora el lugar. Los cajones y estantes guardan una buena colección de floggers y quizá uno o dos látigos. Pero la mayor parte del elegante espacio de almacenamiento está ocupado por cuerdas de todo tipo, cadenas, esposas, cinturones y barras. No necesito ser brutal con mis sumisos. El bondage es, en realidad, mi fetiche. Tener control absoluto sobre ellos. Me calma como una canción de cuna a un bebé.

Cuando Sebastian pasa junto al sistema de sonido, presiona el botón de reproducción y una canción hipnótica fluye desde los altavoces ocultos alrededor de la habitación. Abre algunos cajones al azar, saca uno u otro objeto y los examina con atención. Sus dedos se deslizan por la selección de esposas dispuestas sobre el fieltro negro dentro de un cajón. Luego toma la sólida figura metálica en forma de ocho que está junto a ellas y me lanza una mirada curiosa mientras la abre al presionar el mecanismo para destrabarla.

—¿Así es como te gusta hacerlo?

Sí. Prefiero con creces los placeres controlados de aquí a irme a casa con una chica que puede ponerse demasiado eufórica en su dormitorio. No soy muy fan de las conejitas Energizer. Aun así, lo único que Sebastian recibe como respuesta es un encogimiento de hombros despreocupado.

Con la mirada fija en el objeto metálico que sostiene, lo abre y lo cierra varias veces; luego lo sopesa sobre una palma y ladea la cabeza.

—Bastante pesado.

Lo es. Y es solo la versión pequeña. Tanya tiene los antebrazos frágiles. La mayoría de las cosas de aquí están hechas a su medida. Probablemente no cerraría alrededor de las muñecas fuertes de Sebastian. ¿Las mías? Tal vez.

Camino hacia él y estiro la mano para tomar el ocho metálico y devolverlo al cajón, pero Sebastian lo aparta de inmediato y se me corta el aliento. Al mismo tiempo, me atrapa ambos antebrazos y me los retuerce a la espalda más rápido de lo que alcanzo a protestar.

—¿Qué…?

Sigue un clic y siento el metal pesado cerrarse alrededor de mis muñecas, dejándolas firmemente atrapadas. Sobresaltado y furioso, intento mirar por encima del hombro, pero casi termino nariz con nariz con Sebastian. Su rostro está tan cerca que contengo el aliento, atónito.

Sus dedos siguen cerrados alrededor de mis muñecas, sujetándolas, aunque es obvio que no tengo ninguna posibilidad de moverme. Su calor se me filtra en la piel.

—¿Cuál es tu palabra de seguridad? —pregunta con voz ronca, clavándome una mirada intensa.

¡Mierda! Me río. —Eso no es asunto tuyo. Ahora

suéltame.

—Mmm, no lo creo. —Se inclina y saca una banda negra de otro cajón que había dejado abierto—. Con una mueca peligrosa en los labios, la despliega y la sostiene con ambas manos, con una promesa sucia brillándole en los ojos castaños.

Completamente desconcertado, frunzo el ceño y retrocedo dos pasos hasta que la pared me corta el paso. Está frente a mí antes de que pueda reaccionar y me coloca la venda sobre los ojos, atándola detrás de mi cabeza.

Me tenso. Joder, todo queda a oscuras. La respiración se me vuelve irregular, siguiendo el ritmo frenético de mi corazón.

—¿Esta habitación es para experimentar? —el aliento caliente de Sebastian me roza la piel detrás de la oreja cuando susurra. Un escalofrío extraño me recorre el cuello—. Entonces, experimentemos.

Se me entreabren los labios y dejo escapar un jadeo. ¡Jesucristo! Tengo que salir de aquí.

Pero no veo nada, y las malditas esposas a mi espalda solo se abren empujando el mecanismo de la manera exacta, algo a lo que no tengo la menor posibilidad de llegar. Este juguete no está pensado para usarlo solo.

Unos dedos suaves me toman del mentón y giran

mi cabeza justo hacia donde Sebastian quiere. Su voz, tranquila y grave, despierta una oleada de escalofríos tensos que me recorren el cuerpo.

—¿Tu palabra de seguridad, Raff?

No he dicho esa palabra en voz alta desde hace años. Nunca, jamás estoy en ese lado del trato.

—Vamos, tú no juegas a este tipo de cosas —intento razonar—. Quítame estas jodidas esposas y, por el amor de Dios, la venda.

—¿Por qué? —desliza las manos bajo mi camiseta y sube los dedos con lentitud por mis abdominales tensos. Me estremezco, pero no tengo escapatoria. Sus manos rodean mi espalda y bajan por la curva de mi trasero—. ¿No te gusta estar...? —aprieta. ¡Dios santo!—. ¿A mi merced?

Me estoy acalorando demasiado, y eso hace que el pánico vuelva a estallar dentro de mí. Se me eriza la nuca. Oleadas ardientes de adrenalina me recorren las venas. Todo se concentra en la parte baja de mi vientre. ¡Joder!

—La palabra de seguridad... —arrastra Sebastian contra mis labios—. Ahora.

El aroma desconocido de su piel calentada por el sol, cubierto apenas por un gel de ducha almizclado, me invade la nariz. Aprieto los ojos bajo la venda y echo la cabeza hacia atrás. El imbécil empieza a besarme el cuello. Y aunque lo odio por eso, no puedo negar lo que me provoca.

¿Qué carajos me pasa?

Mientras traza círculos lentos en mi piel con la lengua, gimo con voz ronca una sola palabra.

—Titanio.

—Bien… —la risa baja de Sebastian contra mi garganta es peligrosa, endemoniadamente confusa y lo único en lo que logro concentrarme—. Intentaré acordarme.

Cuando sus manos regresan a la piel desnuda de mi estómago y mi pecho, un temblor se apodera de todo mi cuerpo.

—En serio, te agradezco que me hayas sacado de ese montón de chatarra en la carrera —balbuceo—. Pero no me gustan los tipos.

—¿Seguro? —me sube la camiseta y se arrodilla para besar un camino lento por el surco entre mis abdominales, rozando mi ombligo con la punta de la lengua—. Porque hay algo en tus pantalones que dice lo contrario.

Lo sé. Mierda, esto no puede estar pasando.

—No es lo que crees —lo juro.

Las yemas de los dedos de Sebastian me rozan la piel justo por encima de la cintura, y mis músculos se sacuden. Atrapado contra la pared, percibo el momento en que vuelve a ponerse de pie.

—¿No lo es? —su voz oscura se acerca demasiado a mi oído, y su barba incipiente me roza la mejilla—. ¿O tal vez es exactamente lo que pienso y ya estás imaginando cómo se siente mi lengua en tu verga?

Mis fosas nasales se dilatan con una respiración demasiado rápida. Esto se está saliendo de control. No puedo permitir que se salga de control. Nunca.

Sebastian me agarra del cinturón, y mis caderas reaccionan cuando tira con brusquedad y me lo desabrocha.

El corazón me golpea con tanta fuerza contra el pecho que temo desmayarme. Apoyo la cabeza en la pared. Ahora solo hay una palabra dando vueltas en mi mente.

—Ti—

Sebastian aplasta su boca contra la mía, cortándome cualquier sonido. Presiona la lengua entre mis labios y contra la mía, como si quisiera empujar la palabra de vuelta por mi garganta. Y lo único que puedo hacer es dejarlo.

Sus dedos sueltan el cinturón y se enganchan bajo la venda. Cuando me la quita, su rostro sigue tan cerca que siento su aliento en la piel. Gruñe con una sonrisa mínima, divertida.

—Cobardito de mierda.

Solo unos centímetros separan nuestros ojos. Nuestras miradas se enganchan con una intensidad que me quema hasta la última célula del cuerpo. El instante entre los dos se estira, eterno, mientras el aire a nuestro alrededor parece prenderse fuego. Apenas puedo respirar. Entonces él se inclina ese último centímetro y vuelve a moldear su boca sobre la mía. Su lengua ya no conserva ni rastro del humo del cigarrillo; ahora sabe a Bud Ice. Se desliza contra la mía, lenta y sensual, y mis ojos casi se cierran. Su cuerpo presiona con más fuerza contra el mío mientras rodea mi espalda y entrelaza sus dedos con los míos, apretándolos un segundo. Mis dedos responden y se cierran también.

Al instante siguiente, Sebastian libera las esposas. El metal pesado se desliza de mis muñecas y cae en mis manos. Algo sólido a lo que aferrarme cuando se aparta del beso. Abro los ojos de golpe.

Hay calidez en la oscuridad de sus ojos. Da dos pasos lentos hacia atrás y apenas se le marca un tic en el lado izquierdo de la boca.

—Gracias por el auto, Raff…

Luego sale de la habitación y, por Dios, no puedo seguirlo. Me dejo caer contra la pared a mi espalda y necesito un minuto para recuperar el aliento.

O tal vez cinco.

Me froto la cara con las manos y después las paso por el cabello, dejándolas apoyadas en la nuca. Con la mirada fija en el techo, siento cada inhalación y cada exhalación quemándome el pecho. ¿Qué. Carajos. Fue. Eso?

Intentando recomponerme, cierro los ojos y me paso la lengua por los labios. Todavía puedo saborear a Sebastian en mi boca. No debió haber…

Y yo tampoco debí…

Esto está tan mal.

Suelto un suspiro largo, abro los ojos otra vez y me concentro en la puerta por la que desapareció. Cuando por fin consigo que mis piernas temblorosas me lleven escaleras abajo, el lugar está silencioso y vacío. Sebastian se ha ido. Y con él, los papeles del Corvette.

*

Contar ovejas es inútil. De verdad. Al final, lo único que consigo es mantener a raya el recuerdo del cuarto de juegos durante un rato, mientras permanezco tendido sobre las sábanas de satén, a oscuras. ¿Y hasta dónde llego? Tres mil quinientas sesenta y siete. Cuando las ovejas empiezan a transformarse en Hondas blancos, aparto las cobijas y bajo arrastrando los pies para servirme un vaso de agua. Después enciendo la Xbox. Grand Theft Auto es una forma mucho más eficaz de sobrevivir la noche que contar malditas ovejas saltando cercas imaginarias.

Cerca del amanecer logro dormir un par de horas en el sofá. Y sueño con besos a cigarrillo. Joder. Cuando despierto, tengo el cuerpo empapado en sudor.

Desde hace casi cuarenta minutos estoy de pie bajo la ducha, detrás del vidrio, intentando lavarme esta sensación incómoda de haber roto las reglas. Bueno, una regla. La regla. Dios. Me echo más gel en la mano y vuelvo a enjabonar mi cuerpo de cuello a pies, por quinta vez desde que abrí la llave. Pero la necesidad de que todo esté en perfecto orden no desaparece.

Al final cierro el agua y me seco con la toalla. Luego me cepillo los dientes durante, no sé, unos siete minutos, pero eso sirve tan poco como anoche. Todavía puedo sentir el roce sensual de la lengua de Sebastian. Aprieto los ojos y agrego otro minuto de limpieza; después me enjuago la boca y me seco la cara con una toalla limpia y suave. Se siente agradable contra la piel. Tal vez si me la presiono sobre la boca y la nariz el tiempo suficiente, caiga en coma y pueda reiniciar el cerebro. Borrar todos esos recuerdos extrañamente dulces de ayer.

El timbre de mi celular en la cocina me detiene antes de dejarme inconsciente a mí mismo. Cuelgo la toalla en la barra y bajo trotando las escaleras, descalzo, con unos pantalones negros holgados y una camiseta gris recién puesta.

El nombre de Tanya parpadea en la pantalla.

—Buenos días, cariño. ¿Qué pasa? —la saludo.

—Malas noticias. No puedo quedarme a dormir este fin de semana —dice, con arrepentimiento en la voz—. Mi tía Clarissa invitó a toda la familia a un brunch mañana. Mi mamá me mata si no voy.

Aprieto los ojos y dejo escapar un gruñido profundo.

—¿Quieres que lo reprogramemos para un fin de semana completo el próximo mes, o dividimos los días? —me ofrece, dejándome elegir.

Necesito follar. Con una chica. Pronto.

—No canceles. Hoy está bien.

—Ok, estaré ahí en una hora.

Cuelga, y yo lanzo el celular de vuelta sobre la encimera. Abro el refrigerador, con la urgencia de ordenar algo. Lo que sea. Cinco botellas de cerveza están alineadas en el compartimento de la puerta. Anoche había seis. Las giro hasta que las etiquetas queden perfectamente alineadas. Son para las visitas, sobre todo para Felix cuando viene. Sprite y agua, las dos cosas que básicamente me mantienen hidratado, llenan el estante superior del refri y, debajo, hay una caja con sobras de comida mexicana de mi último almuerzo. Levanto la tapa y huelo. Todavía sirve para una cena solitaria esta noche, después de que Tanya se vaya.

Cierro la tapa y vuelvo a guardarla, centrándola en el estante de vidrio, ya que no hay nada más con qué alinearla. Luego divido las manzanas del cajón inferior en dos grupos: las dulces a la izquierda y las ácidas a la derecha. Hay una que no es ni roja ni verde. Una maldita mezcla que no encaja en ningún lado. La saco y me la como, cerrando la puerta de un portazo.

Diez minutos después ordeno el escritorio, recolocando los papeles que Sebastian apartó anoche, y luego me pongo a levantar pesas en el banco. No soy fan de la gente que infla su cuerpo hasta convertirse en versiones hinchadas de sí mismos, pero me gusta mantenerme en forma y conservar los músculos bien definidos.

Sebastian es un poco más robusto que yo. Supongo que empezó a entrenar bastante joven, así que su cuerpo se fue moldeando hasta adoptar esa forma dominante que tiene ahora. En él se ve natural.

Jesucristo, ¿en qué momento empecé siquiera a fijarme en esas cosas?

Aprieto los dientes y empujo la barra con más velocidad y agresividad, hasta que los bíceps me arden y el sudor me perla la frente.

Suena el timbre. Engancho la barra en el soporte, me seco la cara con el borde de la camiseta y camino descalzo por el departamento. No necesito preguntar ni mirar por la mirilla para saber quién está afuera. Son las diez en punto. Tanya siempre es puntual. Y nunca usa el ascensor privado hasta mi piso.

Abro la puerta y la tomo del brazo, metiéndola adentro sin decir una palabra. Sus ojos marrones, grandes como los de un ciervo, se abren aún más cuando tropieza al entrar.

—Qué gusto verte a ti también —murmura, pero enseguida aprieta los labios al notar mi silencio ceñudo.

La dejo soltarse las sandalias que combinan con su vestido blanco corto de verano, luego le agarro la muñeca y la arrastro escaleras arriba, directo al cuarto de juegos. Todavía en el umbral, me arranco el cinturón del pantalón, le llevo ambas manos a la espalda y se las ato con brusquedad. Se le escapa un gemido breve de sorpresa. Me importa una mierda. En cambio, la empujo hacia adelante para que caiga sobre las sábanas violetas de la cama. Después cierro la puerta de un golpe, me quito la camiseta de un tirón y se la lanzo al pecho.

*

El sábado por la noche estoy tirado en el sofá, con un brazo doblado detrás de la cabeza y la otra mano apoyada en el estómago. Tanya se fue hace dos horas. Usó la palabra de seguridad en algún momento de la tarde porque exigió poder sentarse mañana en el brunch familiar.

Por primera vez en veinticuatro horas estoy en calma y respiro de manera uniforme. Disfruto la sensación de estar exhausto. De volver a tenerlo todo bajo control. De seguir sabiendo quién soy. Excepto por un pequeño montón de papeles sobre la mesa ratona que se ha estado burlando de mí desde que dejé caer mi cuerpo flojo en el sofá hace un rato.

Encima está la llave del Honda de Sebastian. Mi mirada se queda enganchada ahí, mientras la rodilla flexionada se me balancea de un lado a otro con un ritmo casi hipnótico. Aprieto los labios y me obligo a mirar por la ventana en lugar de la mesa. Pero sigue provocándome desde el rabillo del ojo. Gruño y vuelvo a fulminarla con la mirada. Ah, al carajo. Me incorporo del sofá, agarro la llave de la mesa, me pongo las zapatillas y bajo al estacionamiento subterráneo.

Apenas salgo del ascensor, la vista se me clava en el espacio vacío: el 37, el lugar habitual donde dormía mi bebé. El corazón me da un salto. Respiro hondo y camino hasta el coche de carreras blanco en el 37A, que desbloqueo presionando el botón del control. Cuando abro la puerta, una oleada del aroma tan particular de Sebastian —almizcle y sol, con apenas un rastro de humo de cigarrillo— me golpea de lleno en la cara. Me arrepiento de haber dejado mi lugar cómodo en el sofá para esto. Es una tortura de mierda, echarle sal a la herida de haber perdido mi Corvette.

Aun así, me deslizo en el asiento del conductor y apoyo ambas manos sobre el volante. Sebastian puede ser un poco más fornido que yo, pero somos casi de la misma estatura. El asiento, moldeado al cuerpo, está en una posición perfecta para mí. Después de pasar las manos despacio por el volante en una caricia de saludo, dejo que la mirada recorra el tablero y el interior del coche. Cuero gris oscuro y cromo. Bastante bonito.

—Muy bien… a ver de qué estás hecho, pequeño —murmuro, cerrando la puerta de un golpe y encendiendo el motor.

El Honda ronronea de forma agradable, pero lo primero que noto es que no hay un velocímetro de verdad en el tablero detrás del volante. ¡Maldita sea!

Todo se ilumina en azul y blanco, dando la sensación de estar conduciendo un auto virtual. ¿A quién le gusta esa mierda? Quiero una aguja real moviéndose cuando piso el acelerador.

Ya de mal humor, me coloco el arnés tipo paracaídas, similar al del Corvette, gracias a Dios, y lo cierro frente al estómago con un clic suave. El retrovisor y los espejos laterales casi no necesitan ajustes antes de salir del estacionamiento y dejar que el bebé huela un poco de aire londinense.

Tomo la carretera que sale de la ciudad para poner a prueba de verdad las capacidades del Honda. No hay mucho tráfico que me frene, así que pronto puedo pisar a fondo al pequeño corredor y lanzarme por la M25. Las cinco marchas se manejan con facilidad, pero los tironeos a bajas revoluciones me molestan casi tanto como el olor aquí dentro. Sebastian debe haber actualizado la unidad de control del motor con algún software especial para modificar la inyección de combustible. Llamas saliendo del escape… eso es tan de la década pasada. Resoplo. Presumido.

Bajo por completo ambas ventanas y dejo que el viento nocturno de la carretera invada el interior, despejándome la cabeza de ese recordatorio constante de cómo el olor de Sebastian se me metió en la mente anoche cuando nosotros…

Joder, no. En lugar de ir por ahí, subo la música, que ha estado tan baja desde que entré que apenas la había notado. Suena *Euphoria*, de Loreen. Un diminuto pendrive sobresale del puerto debajo del tablero, al parecer cargado con la lista personal de Sebastian. Se me escapa una sonrisa cínica. Bueno, podrá disfrutar de un poco de dubstep hasta que nos volvamos a ver para cerrar el intercambio.

Vuelo por la autopista casi vacía y, veinte minutos después, tomo una salida para probar cómo se comporta el auto en un tramo más sinuoso, de campo. Y ahí es donde me rindo.

Aunque el coche, bajo y estilizado, se ve espectacular sobre el asfalto, a los neumáticos les faltan un par de pulgadas de ancho para ofrecer la misma estabilidad a la que estoy acostumbrado con mi bebé. Ella se pega a la carretera como si estuviera soldada, sin moverse ni un milímetro, incluso en curvas cerradas. A menos que yo quiera que lo haga. En cambio, el coche de Sebastian es una máquina para derrapar. Ya en la segunda curva me cuesta mantenerlo clavado al asfalto en lugar de que se deslice hacia la cuneta.

No es para mí. No, gracias.

En la siguiente recta piso el freno a fondo, lo que me aplasta el cuerpo contra el arnés, y hago un giro de ciento ochenta grados en medio de la calle vacía.

Luego lo llevo de vuelta a casa al mejor tiempo que esta cosita dulce puede dar. El mío le habría ganado por lo menos por tres minutos. Obvio.

De regreso en mi departamento, voy directo al estudio y enciendo la computadora. ¿Cerrar el trato la próxima semana? Ni de broma. No pienso quedarme con esta pieza blanca e indomable. Ni en pedo.

Abro el navegador y escribo Sebastian Rhyse, Londres, en el buscador. A ver qué dice Google.

Aparecen un montón de fotos que claramente no son él y luego información sobre tipos a los que les falta una E en el apellido. Bien, callejón sin salida. Entonces, ¿qué más? Con los ojos entrecerrados, inicio sesión en Facebook, que casi no uso. Soy más de Instagram, pero la batería del celular se murió mientras estaba fuera y todavía no me tomé el tiempo de enchufarlo.

Hay un millón de Sebastian Rhyse en Facebook, pero la mayoría vive en Estados Unidos. Solo tres están en Inglaterra, y solo uno tiene un Honda blanco como foto de perfil.

—Bingo —dejo que la B estalle entre mis labios.

Sebastian tiene su cuenta en privado. Casi por completo. Pero en la sección de información dice que vivió en Eastbourne, incluso fue a la universidad ahí, y que después trabajó varios años en una empresa de software del sur. Desde hace un par de meses trabaja como entrenador en un gimnasio local, no muy lejos de aquí. Además, su cumpleaños es el siete de enero.

Al hacer clic en el enlace al sitio web del gimnasio encuentro una lista de entrenadores, con horarios de trabajo y correos corporativos. Por un minuto considero escribirle para pedirle que se lleve su auto de mierda y exigirle las llaves del Corvette. Pero, al parecer, mañana trabaja de diez a cinco. Mi sonrisa fría habitual se curva en los labios. Creo que mejor le haré una visita.

Anoto el nombre y la dirección del gimnasio en un papel, apago la computadora y subo a la cama. Es casi la una de la mañana. Hora de recuperar algo de sueño.

CAPÍTULO 4

Sebastian

—Cuarenta y siete. Cuarenta y ocho. Vamos, dos más. Cuarenta y nueve. Y... —Con el sol entrando a raudales por los ventanales altos y pegándole de frente en la cara, Christina se esfuerza por subir una vez más. El sudor le empapa el rostro, los brazos, los pechos generosos. Todo. Absolutamente todo—. ¡Perfecto! —la animo con entusiasmo, todavía sosteniéndole los tobillos cuando termina la serie de abdominales. Los hot pants negros y la musculosa que lleva están marcados por manchas de sudor en lugares que atraen la mirada de forma automática.

Hago un esfuerzo consciente por no quedarme mirando, porque me tomo muy en serio mi trabajo en Podium Fitness, y observar a las chicas mientras entrenan es totalmente poco profesional. Cuando se acercan a charlar a la recepción después de su rutina, recién duchadas y cambiadas… eso ya es una historia muy distinta.

—Diez minutos de trote suave en la caminadora —le indico a Christina mientras me incorporo desde la sentadilla y le extiendo la mano para ayudarla a levantarse de la colchoneta verde menta en medio de la enorme sala de entrenamiento—. Después, cinco minutos caminando para bajar pulsaciones y un poco de estiramiento antes de irte a la ducha, ¿sí?

Con una sonrisa amplia, la estudiante de veinte años vuelve a ajustarse la cola de caballo rubia y sale trotando hacia el fondo del gimnasio, donde hay una fila de equipos de entrenamiento de última generación. Solo unos pocos están en uso; todavía es temprano.

Me encantan las mañanas de domingo en el gimnasio. Son mucho más tranquilas que las tardes y noches entre semana y me permiten dedicarle más tiempo a cada persona que pide consejo y apoyo mientras entrena.

Con el sudor de los tobillos de Christina todavía en las palmas, me limpio las manos en mis shorts gris oscuro y regreso a la recepción, donde me espera una pila de tarjetas de membresía que tengo que firmar y dejar listas antes de que sus dueños puedan retirarlas en su próxima visita. Tomo el apoyabrazos de la silla giratoria que había apartado cuando Christina me llamó para ayudarla y la acerco al escritorio. Justo cuando estoy a punto de sentarme, me quedo congelado, mirando de frente a un islandés rubio platino. Raffael está sentado frente a mí, en el sillón de cuero marrón de la sala de estar bien iluminada, con las mangas largas del buzo blanco arremangadas hasta los antebrazos y los dedos entrelazados sobre el estómago. Sus piernas largas, cubiertas por jeans celestes, están abiertas en un ángulo amplio. Aunque sus ojos están ocultos detrás de unos lentes de sol turquesa espejados, su presencia fría me atraviesa y me eriza la piel.

Despacio, deslizo los dedos lejos del apoyabrazos de la silla y vuelvo a enderezarme. —Bueno, hola —digo. Es una sorpresa verlo antes de lo esperado, y todavía más que haya averiguado exactamente dónde encontrarme. La gente que se toma ese trabajo siempre me impresiona. Me pongo el reloj negro y lo ajusto en la muñeca derecha mientras murmuro—. ¿No se suponía que nos viéramos recién la semana que viene? —Luego me coloco en la izquierda la pulsera de cuero que compré durante unas vacaciones en Nueva Zelanda.

—Quiero mi auto de vuelta —dice. Su tono es tan plano como su expresión. Aparte de eso, no mueve ni un músculo. Joder, es increíblemente sexy cuando se pone en modo iceberg.

—Y yo quisiera atraparle un unicornio a mi sobrina para su tercer cumpleaños—respondo, ladeando la cabeza con una sonrisa cínica—. No va a pasar.

Después de lamerse rápido, Raffael se muerde el labio inferior. —¿Qué quieres con el Stingray? Ni siquiera es tu estilo.

Claro que extraño muchísimo el Honda desde que me despedí de él con una caricia en el estacionamiento subterráneo de Mayfair, pero el Corvette es una maravilla. Comodidad excesiva, un agarre brutal al asfalto y, sin duda, vale bastante más que mi auto anterior. —Me gusta cómo huele por dentro —lo provoco, y mi sonrisa se vuelve un poco más cálida—. Una mujer explosiva por fuera y todo un paisaje islandés cubierto de nieve por dentro. —Tomo del canasto sobre el mostrador un paquetito de gomitas con el logo del gimnasio y se lo lanzo a Raffael al otro lado de la sala—. Anda, una pequeña compensación.

Atrapa el sobre violeta con una mano, el gesto todavía duro como el titanio. Luego se levanta despacio del sillón y avanza hacia mí. —Déjame ganarlo de vuelta.

—¿Y arriesgarme a perder los dos? —hago una mueca burlona—. Mm, hoy no. —Agarro la lapicera amarilla de la pila de tarjetas sin firmar y la hago rodar entre los dedos—. Pero deberías darte la oportunidad de probar cosas nuevas de vez en cuando, Raff. Los placeres a veces sorprenden. —Y con esa cara y ese cuerpo, no hay ahora mismo otro tipo en el mundo al que prefiera llevarme a la cama. Es una tentación al rojo vivo.

Se detiene del otro lado del mostrador, con las gomitas apretadas en el puño, y me observa a través de los lentes espejados, sopesando sus próximas palabras con el mismo cuidado con el que yo lancé la insinuación. —No soy un tipo Honda.

Sí, eso fue lo que también intentó hacerme creer el viernes por la noche en su sala de juegos. Y después andaba con una erección.

—¿Y eso qué tiene de malo?

Apoya los antebrazos sobre el mostrador. —Tu auto escupe fuego.

Suelto la lapicera, apoyo las palmas sobre el escritorio y me inclino hacia adelante, clavándole la mirada a través del escudo turquesa, a apenas unos centímetros de mi cara. —Porque tiene fuego en el culo —arrastro las palabras.

Raff deja escapar una sonrisa fría, provocadora. —Sí, no me atraen tanto los pedos incendiarios, ¿sabes?

¿De verdad se da cuenta de lo sexy que se ve cuando sonríe, incluso cuando dice estupideces así para espantar algo que todavía no ha probado? Lo dudo.

El teléfono del escritorio empieza a sonar, pero aún no estoy listo para desprenderme del aroma tenue a nieve cayendo que su piel parece emitir a cada minuto del día. Durante dos timbrazos, ambos quedamos congelados en el momento. Hasta que inclina la barbilla hacia un lado. —El teléfono está sonando. ¿No vas a contestar?

—Y a tu verga le pica lo desconocido. ¿Qué vas a hacer al respecto?

Pasa un instante. Luego, resignado, Raffael aprieta los labios en una línea pálida y suspira hondo. —No me conoces en absoluto, Sebastian.

Al perder su voz el tono burlón, yo también me pongo serio. —Entonces dame la oportunidad de cambiar eso.

Despacio, niega con la cabeza. Lástima. El teléfono deja de sonar. Suspiro y me enderezo detrás del mostrador. —De todos modos, después de ver cómo vives, creo que te sobra el dinero para comprarte otro Corvette, ¿no?

Frente a mí, descruza los brazos y empieza a juguetear con el sobre de gomitas sobre el mostrador.

—Tengo dinero suficiente para comprar un Corvette y un Honda nuevos… después de mandar el tuyo a la prensa de chatarra. —Es una sorpresa cuando se baja los lentes del rostro y me mira directo a los ojos—. Pero estoy seguro de que no querrías eso.

¿Destrozar a mi bebé? Las cejas se me vienen abajo mientras siento un pinchazo en el pecho. Ahora me toca a mí negar con la cabeza.

—Sé que sabes lo que es ir mejorando un auto durante meses hasta enamorarte por completo —razona, con la voz aún baja y teñida de una emoción apenas perceptible. Pero está ahí. Y entiendo perfectamente a qué se refiere.

Aun así, salirme de un trato no va conmigo. Así que suelto un suspiro profundo y frunzo los labios, pensándolo un momento. Hay algo que deseo con muchas, muchísimas ganas desde el viernes pasado en su departamento. Tal vez podamos hacer otro trato para deshacer el primero. —Te lo devuelvo bajo una condición —digo sin pestañear.

—¿Qué quieres? —Hay un atisbo de esperanza en su voz, aunque sabe lo suficiente como para no dejarla asomar sin escuchar antes las condiciones.

—Dos horas en tu sala de juegos —exijo.

Raff se pellizca el puente de la nariz. —Seb—

—Con tu amiga, Tanya.

Su mirada atónita vuelve a dispararse hacia mi cara.

—Los juguetes con los que juegan me parecieron bastante intrigantes. A diferencia de ti, a mí sí me gusta probar cosas nuevas —me encojo de hombros con fingida indiferencia—. Y como es evidente que se pasan a la chica de uno a otro, asumo que también está abierta a otros.

—Yo… esa no es una decisión que me corresponda. —La confusión y la incomodidad le cruzan la frente—. Ella ni siquiera te conoce.

—No tiene por qué tener miedo. Tú vas a estar ahí todo el tiempo para cuidarla.

Eso lo desconcierta aún más, si el modo en que entrecierra los ojos sirve de indicio. —Tanya normalmente elige sola a sus parejas.

—Bueno, entonces… —tomo una de las tarjetas blancas del gimnasio del montón sobre el mostrador, la doy vuelta y anoto mi número en el reverso—. Supongo que tendrás que convencerla. —Con una sonrisa, deslizo la tarjeta hacia él—. Llámame cuando tengas su acuerdo.

Raffael me mira como si acabara de matar a Santa Claus. Un músculo le palpita en la mandíbula. Juro que este tipo puede bajar la temperatura de una habitación con solo una mirada.

Y me importa una mierda.

Golpea la tarjeta con la mano y la arranca del mostrador, guardándosela en el bolsillo trasero de sus jeans desteñidos. Sin despedirse. Solo la puerta balanceándose detrás de su trasero sexy cuando se va.

Durante un momento lo sigo con la mirada. Luego me doy vuelta y empiezo a sonreír al encontrarme con los ojos de Christina cuando aparece desde la esquina.

—¿Terminaste por hoy?

*

La luz del televisor recorta mi sala a oscuras en una sucesión de destellos. Estoy tirado en el sillón, con los pies apoyados sobre la mesa ratona, viendo algún thriller policial mientras mastico un sándwich de pavo con tocino, verduras y mayonesa.

Un leve pop silencioso de mi celular me llama la atención. Dejo el sándwich de nuevo en el plato y me chupo los dedos antes de limpiarlos en los jeans. Desbloqueo la pantalla con la huella y abro el mensaje de WhatsApp de un número desconocido.

Desconocido
Mañana por la noche. Seis en punto.

Una sonrisa sorprendida se me dibuja en la cara. Eso fue rápido. Guardo el contacto como Islandia, dejo el teléfono a un lado y termino mi sándwich.

CAPÍTULO 5

Raffael

Los dos vistos junto a mi mensaje para Sebastian se ponen azules. Como no responde, supongo que está de acuerdo. Cuando la pantalla se apaga y queda en negro, dejo caer el teléfono junto a mi muslo, pero tengo una sensación pésima con todo esto. En el otro extremo del sillón de la sala, Felix me observa, aparentemente igual de incómodo.

—No la dejes sola ni un minuto con ese tipo. ¿Entendido?

Por supuesto. Asiento. —Conmigo va a estar a salvo. —Si Sebastian hace aunque sea un solo movimiento en falso, le rompo hasta el último puto hueso del cuerpo.

La única que parece perfectamente cómoda con esta idea descabellada es Tanya. Sentada en el regazo de Felix, sonríe de lado y disfruta de sus dedos que suben y bajan por su espalda, por debajo de la sudadera gris oscuro.

—Ustedes dos se preocupan demasiado —nos regaña—. ¿Desde cuándo les da tanto miedo que yo me divierta con fetiches con otro tipo? No es la primera vez, ya lo saben. Y Sebastian no me parece un monstruo.

Porque ella no lo vio en la sala de juegos la última vez que estuvo aquí. Suelto un bufido. La historia completa de esa noche se quedará conmigo para siempre.

—No conoce las reglas de ese mundo —gruño, y aprieto los labios con tanta fuerza que debo parecer alguien que acaba de chupar un limón.

—Estoy segura de que se va a portar… como debe —dice Tanya.

Se arrastra por el sillón hasta acurrucarse a mi lado. Le paso un brazo por los hombros para tranquilizarla, no para tranquilizarme yo. Apoya la cabeza contra mi pecho, y sé exactamente hacia dónde se dirige su mirada. Al cuadro muy abstracto de la pared frente al sillón, el que pintamos y firmamos los tres.

Yo no soy buen pintor; ese es el gran talento de Tanya. Pero hace dos años trajo a mi departamento un lienzo enorme y blanco y una mochila llena de óleos y acrílicos, y nos obligó a Felix y a mí a hacer alguna mierda artística con ella ahí mismo. Si hubiera tenido opción entonces, habría sacado mi lápiz y mi regla y le habría dibujado la casa perfecta para sus elfos y hadas apenas reconocibles. Pero la sádica solo dijo: "Deja que los colores se esparzan".

Los colores no deberían simplemente esparcirse, carajo. Deberían colocarse con precisión dentro de las líneas de formas y cuerpos geométricos. Pero no con Tanya. Ella siempre dice que sus pinturas tienen que ser tan libres como ella. Incluso después de todo este tiempo, sigo intentando encontrar orden dentro del caos de manchas y borrones de color. El arcoíris que Felix pintó en la esquina superior derecha ayuda un poco y evita que me dé un calambre cerebral cada vez que lo miro. Pero cuando terminamos y pusimos nuestros nombres formando un triángulo en la parte inferior, quedó claro que esa obra de arte, y esa marca de amistad, se quedarían para siempre en mi pared.

—¿Sabes? Cuando miras tu parte desde la puerta, parece una especie de calabaza —reflexiona Tanya—. Pero desde aquí, siempre me recuerda a una rosa hermosa en plena floración.

—Porque es roja —respondo con tono plano.

—No. Porque tiene las manchas oscuras en todos los lugares correctos.

Enrosco un mechón de su cabello negro alrededor de mi dedo y tiro suavemente dos veces para molestarla. —La idea era que fuera un auto atropellando a todas tus haditas.

Riéndose, Tanya se endereza y me da un golpe en el brazo. —¡Estás completamente chiflado, Raffael Björnsson!

Me encanta cuando intenta pronunciar bien mi apellido y falla.

—Ég elska þig líka —le respondo con una sonrisa ladeada, diciéndole en mi lengua materna cuánto la quiero. Luego la aparto y me pongo de pie.

Apilo los platos en los que comimos pizza, los llevo a la cocina y los meto en el lavavajillas. Felix trae los tres vasos y los suma a la carga.

—¿De verdad quiere que estés en la habitación cuando haga lo suyo con ella? —pregunta en voz baja, frunciendo el ceño—. Eso es raro, ¿no? Esperar que los mires mientras cogen.

—Totalmente —murmuro, reflejando su expresión.

Claro que no les conté a mis mejores amigos que Sebastian es obviamente bi y que quizá le excite tenerme ahí… mirándolo todo, como un voyeur. Sea como sea, no confío en el tipo, y es mejor que Tanya no esté sola con él en una habitación llena de esposas y látigos.

Sigo a Felix hasta el recibidor, donde Tanya termina de abrocharse las sandalias, y me apoyo contra la pared mientras ambos se ponen las chaquetas. Tanya se acerca y me da un beso de buenas noches en la mejilla. Felix solo choca su mano con la mía y luego le abre la puerta a Tanya. Al salir, lo escucho preguntarle: —¿Quieres venir a mi casa esta noche?

Su feliz —Mmm, bueno— promete diversión más tarde para los dos, y me arranca una risa.

Lo más divertido que tendré el resto de la noche probablemente será pintar en mi cabeza los escenarios que van a desarrollarse mañana en mi sala de juegos. Dios. Un escalofrío helado me recorre el cuerpo.

*

El lunes por la noche reviso mi reloj de pulsera por enésima vez. Son las seis y diez. Tanya dijo que no podía venir más temprano, pero que no sea puntual me desconcierta. Le mando un mensaje preguntándole dónde está. Su respuesta solo logra confundirme todavía más.

Vamos a llegar un poco tarde. No te preocupes. Te explico todo después.

Entrecierro los ojos, me dejo caer en el sillón y le mando otro mensaje, exigiendo: ¿Quiénes vamos?

Sebastian y yo.

Ah, ¿sí? Mirá qué maravilla. Apretando los dientes, arrojo el teléfono a un lado y enciendo la PS4 para jugar Fortnite. No pienso caminar de un lado a otro gastando el piso mientras espero a los tortolitos para que vengan a coger a mi departamento.

Dispararle a zombis me ayuda a descargar la frustración. Un poco. Leo, Thomas, Carol y George, la gente de mi equipo, son geniales para sacarme una sonrisa. No tengo idea de cómo se ven porque solo les escucho la voz a través de los audífonos, pero son divertidos y, apenas me conecto, casi se sienten como una segunda familia. Bueno, una tercera familia, supongo, después de la de sangre y luego Tanya y Felix.

Pierdo por completo la noción del tiempo, así que cuando de pronto suena el timbre a las ocho y cuarto, me sobresalto. Me despido rápido de mis amigos virtuales, apago la PS4 y voy a abrir la puerta. La risa relajada de Sebastian y Tanya se cuela al interior incluso antes de que abra. El sabor amargo que me sube por la garganta es asqueroso. Pero pensar que no podía empeorar fue un error.

Cuando por fin los veo, Sebastian tiene el brazo apoyado con descaro alrededor del cuello de Tanya, mientras ella aprieta el bolso contra el pecho y le sonríe de oreja a oreja. Los saludo con una ceja arqueada, aferrándome a la puerta mientras la mantengo abierta.

—Hola, guapo —ronronea Sebastian con una sonrisa ladeada y me da una palmada en la mejilla al entrar, con Tanya todavía pegada a su costado.

Le aparto la mano con una fuerza inequívoca y le gruño a Tanya: —¿Dónde has estado?

—Solo en… —El resto de la frase se pierde cuando la mano de Sebastian se posa sobre su boca, y ella se ríe contra ella.

Frunzo el ceño mientras cierro la puerta de un portazo.

Sebastian se inclina tanto hacia su cara que su nariz roza la mejilla de ella, pero sus brillantes ojos castaños me miran solo a mí. —¿Crees que el copito esté celoso? —ronronea contra su piel.

¿De verdad cree que esto es gracioso? —Sí, vete a la mierda.

Tanya debería saber lo mucho que detesto la impuntualidad. Suerte la suya que esta noche no me toca a mí disciplinarla arriba, o estaría regresando a casa con el trasero tan rojo como una señal de alto y marcas de mordidas por todo el cuerpo.

Sebastian cuelga su chaqueta de cuero en un gancho y ayuda a Tanya a sacarse la gabardina negra y larga. Es evidente que hoy solo la usa para ocultar el sexy atuendo de colegiala que lleva debajo: una falda escocesa azul del largo de una regla y un bandeau negro apenas cubriéndole los pechos. Cuando ella se inclina para desabrochar las botas negras por encima de la rodilla, él la detiene con una sonora palmada en el trasero.

Tanya da un pequeño salto con un chillido y cae en mis brazos. Luego se gira para enfrentarse a la sonrisa de él. Esta vez, Sebastian solo la mira a ella cuando pregunta: —¿Te importa dejarlas puestas un ratito más? Me gusta desenvolver mis regalos yo mismo.

Dios. Pongo los ojos en blanco y me acomodo la camisa blanca abotonada que Tanya arrugó al saltar sobre mí.

—¿Vamos…? —gruño, haciendo un gesto cínico con el brazo hacia las escaleras.

Sebastian toma la mano de Tanya y la atrae hacia él; luego la rodea con los brazos, la levanta un instante y vuelve a girarse hacia mí con ella atrapada en un abrazo apretado. Provocándome por encima de su hombro, arrastra las palabras: —¿Ansioso por vernos jugar?

—Solo quiero terminar con esto de una vez —le respondo. Al pasar junto a ellos, le doy un golpe con el hombro lo bastante fuerte como para que suelte a Tanya al instante—. Y recuperar mi auto —gruño, encabezando el camino escaleras arriba. Después de empujar la puerta de la sala de juegos para abrirla, dejo que Sebastian entre primero y le tomo la mano a Tanya para retenerla conmigo un segundo.

Mi ceño fruncido basta para que susurre: —Me encontró frente a tu casa y me invitó un café. Quería que nos sintiéramos cómodos el uno con el otro antes de venir y asegurarse de que de verdad yo quisiera esto. —Aprieta mi mano con una expresión suave, tranquilizadora—. ¿Ves? Te dije que no es un monstruo.

Luego sigue a Sebastian al interior de la habitación, donde él ya está sentado en el amplio sillón de cuero negro junto a la ventana, con las manos entrelazadas detrás de la cabeza, esperándonos.

Su camiseta azul oscuro se le sube lo justo para dejar al descubierto una franja de piel bronceada sobre los jeans de tiro bajo. La forma en que planta las piernas largas, en una postura tan abierta, atraerá la mirada de cualquiera hacia su entrepierna, no solo la mía. Aun así me incomoda, así que me doy vuelta y cierro la puerta en silencio en lugar de azotarla, como me gustaría.

Tanya se sienta con cierta timidez en la cama, y yo me apoyo en el poste junto a ella, cruzando los brazos. Supongo que los dos estamos algo inseguros respecto a lo que va a hacer. Pero en lugar de empezar con algo, él sigue recostado en el sillón y apenas nos dedica una sonrisa ladeada. —Ustedes dos hacen una pareja linda, ¿lo sabían?

Tanya me lanza una mirada rápida que capto por el rabillo del ojo, pero yo solo le devuelvo a Sebastian una ceja alzada.

Él baja las manos y las entrelaza sobre el estómago, luego se hunde un poco más en el sillón. Algo de todo esto debe divertirlo, porque no ha perdido esa sonrisa de imbécil desde que puso un pie en mi departamento.

—Ahora… —empieza despacio, tomándose su tiempo para inhalar y exhalar antes de continuar—. Después de que tu dulce novia me explicara con bastante detalle, detalle caliente debo decir, lo que suelen hacer en esta habitación, lamento decepcionarlos. —Su mirada cálida, casi apologética, se desliza hacia Tanya—. No me va el dolor físico, y jamás me verás lastimar a una mujer. —Se aferra a los apoyabrazos y se pone de pie. Despacio—. Entiendo que esta habitación viene con ciertas reglas.

Con paso felino, cruza justo frente a mí y se detiene a apenas un metro de distancia, enfrentándome con una mirada intensa. Su voz baja un tono, pero se vuelve aún más inquietante. —Reglas que esta noche vamos a dejar de lado.

Descruzo los brazos mientras mis labios empiezan a formar la palabra "¿Qué…?", pero no sale ningún sonido. Tanya me toma la mano y la aprieta brevemente con sus dedos cálidos. Levanta la cabeza hacia mí, y está claro que quiere que escuche a Sebastian antes de echarlo.

Bien. Vuelvo a cerrar la boca. Al captar nuestra conversación silenciosa, Sebastian asiente, aparentemente satisfecho. Se da vuelta y camina hacia la cómoda donde guarda los numerosos juguetes de bondage, y continúa con un tono alarmantemente sereno.

—Estamos aquí voluntariamente, porque Raffael quiere recuperar su Corvette. Sabes que puedes detener esto o irte cuando quieras. Nadie tiene que hacer nada que no le guste.

De paso, presiona play en el equipo de música y vuelve a sonar la música trance que Tanya y yo usamos ayer. Inclina un poco la cabeza, como si apreciara el ritmo. Luego abre el segundo cajón de la cómoda de caoba y regresa con una simple banda de satén negro. Es demasiado delgada para usarla como venda, pero perfecta para atar las muñecas de alguien. Que su mirada audaz esté fija en mí y no en Tanya acelera mis latidos, mientras la inquietud me recorre como un escalofrío.

Se acerca tanto que su pecho roza mi brazo, y otra vez percibo ese aroma que me recuerda a rayos de sol en el sur de Inglaterra. Me quedo inmóvil, siguiendo cada uno de sus movimientos solo con los ojos, hasta que pasa detrás de mí y me habla al oído.

—Pero si siquiera se te cruza por la cabeza usar la palabra de seguridad conmigo en las próximas dos horas, el auto es mío y no tendrás ni una puta posibilidad de recuperarlo. Nunca. ¿Entendido?

Cruzo una mirada horrorizada con Tanya, sentada en la cama. Con los dedos entrelazados sobre el regazo, ella también parece incómoda, al menos por mí. Sebastian es un bastardo al que quiero partirle la cara. Pero necesito recuperar mi auto. Así que cierro la boca y asiento con rigidez.

—Muy bien. —Su aliento cálido se aleja de mi oído, dejándome un cosquilleo persistente, antes de apartarse—. Y ahora… tus manos, Raffael.

El sonido de mi trago seco resuena en la habitación. Dos respiraciones temblorosas después, llevo los brazos detrás de la espalda.

CAPÍTULO 6

Sebastian

Mientras la música seductora invade la sala de juegos, me tomo mi tiempo para atarle las manos a Raffael con la cinta de satén negro. Cuando quedan firmes con un nudo que puedo deshacer en cualquier momento con un tirón rápido de uno de los extremos, deslizo las yemas de mis dedos por su palma abierta. Su mano se estremece. Tan tímido.

—Relájate. Te prometo que vas a disfrutarlo —le ronroneo al oído, atento a lo rápido que sube y baja su pecho con cada respiración.

—Sí, lo dudo —gruñe. Está bien. Ya se dará cuenta.

Con el pie le separo las piernas para que quede ligeramente abierto frente a mí. —Tanya, cariño, ¿podrías venir a ayudarme un poco? —mantengo la voz baja y áspera. Ella es la clave esta noche. La que lo va a guiar despacio y la que le va a hacer la vida imposible.

Como la inocente colegiala que aparenta, se levanta de la cama y me sostiene la mirada por encima del hombro de Raffael. —¿Qué quieres que haga?

Fue una buena idea llegar un poco antes y esperarla afuera del edificio. Secuestrarla hasta el café de la esquina nos dio tiempo para conocernos un poco y, a mí, para tomarle la medida. Es una chica amable y abierta, que sabe seguir órdenes, no solo en un cuarto de sexo como este. Cuando me habló de su amistad con los dos chicos, sobre todo con Raffael, supe que era perfecta para lo que tenía en mente. Para lo que quise desde el principio.

—¿Te arrodillarías por tu amigo? —mis palabras suenan con una sonrisa, pero ella no pasa por alto la orden que encierran. Y Raffael tampoco. Aspira el aire con fuerza, aunque sabe que es mejor no protestar—. Hazle un trabajito bonito —la animo.

Parpadea, y su mirada insegura va hasta el rostro de Raffael. —Adelante —murmura él, casi sin voz, aunque sé lo mucho que le cuesta decirlo. Dos segundos después, la chica se deja caer al suelo frente a él y empieza a desabotonarle los jeans. Rodeando a Raffael, tomo las manos de ella y las aparto de la bragueta. En su lugar, las guío hacia atrás y las coloco en la parte posterior de sus muslos, justo debajo del trasero. Con las manos de Tanya como barrera entre mi cuerpo y el suyo, las muevo despacio, explorándolo, pero dándole la sensación de seguridad de que en realidad es su amiga quien lo está tocando. Tenemos tiempo. No hace falta abrumarlo en los primeros tres minutos.

Respira rápido y mantiene la vista fija en la ventana. Raffael no se mueve ni un centímetro. Un músculo le palpita en la mandíbula. Acerco la boca a su mejilla y siento ese tic bajo mis labios.

Los dedos de Tanya siguen mis indicaciones sin dificultad cuando dejo que nuestras manos unidas vuelvan al frente de Raffael. Juntos recorremos sus muslos por fuera hacia el interior, y luego dejo que sus manos suban y se deslicen sobre su entrepierna. Incluso a través de sus dedos suaves, siento el bulto endureciéndose bajo los jeans. No está del todo en contra de lo que estamos haciendo. Me alegra confirmarlo.

—Hace tres días me dijiste que este cuarto es para experimentar —le susurro junto a la comisura de la boca, mirándolo de perfil—. Entonces, ¿por qué te resistes tanto?

Solo mueve los ojos hacia mí, clavando su mirada en la mía mientras traga saliva.

Dejo las manos de Tanya donde están y abro la bragueta de sus jeans, separando la tela para darle un poco de espacio a su erección tensa. Estar atrapado en unos jeans demasiado ajustados duele. Lo sé bien. Empiezo a sentirlo yo también, pero por ahora mantengo mi propio cierre cerrado.

—Es todo tuyo —digo con voz áspera, lanzándole una mirada a Tanya, que sigue arrodillada como la chica más buena del colegio, perfectamente colocada. Cuando vuelvo a mirar a Raffael, tiene los ojos cerrados y las facciones duras como granito.

Me siento en el borde de la cama y me recuesto sobre los codos, con los pies todavía apoyados en el suelo. Desde ahí observo cómo Tanya engancha los dedos en sus bóxers negros y ajustados, y los baja lo justo para dejarlo completamente expuesto. Deja las manos ahí y acerca solo la boca a la punta de su hermosa erección. El pecho de Raffael se queda visiblemente inmóvil al primer contacto de su lengua. Oh, sí, estamos llegando a sus límites. O eso cree. Porque todavía no tiene idea de lo que le espera.

Le doy a Tanya varios minutos para que lama y

provoque, pero el hecho de que no aparte las manos de sus caderas empieza a inquietarme. Al rato, me deslizo fuera del colchón y me agacho detrás de ella, desabrochando los dos botones que mantienen en su lugar la falda envolvente. Se la quito y la lanzo a un lado, y enseguida hago lo mismo con su top tipo bandeau, dejando al descubierto sus pechos pequeños. Cuando queda arrodillada con nada más que un diminuto camisón de encaje y las botas de cuero negras, acerco la boca a su sien y hablo con un filo oscuro. —Estoy seguro de que también va a apreciar un poco de trabajo manual, cariño.

El escalofrío de inquietud que le recorre el cuerpo cuando inclina la cabeza hacia mí me confunde todavía más. —Él… —se aclara la garganta, pero su voz no gana volumen—. Nunca me deja tocarlo.

Ahí abajo. Es así como sus ojos terminan la frase.

—¿Ah, no? —Cuando alzo la vista, encuentro a Raffael siguiendo nuestra pequeña charla con los ojos bien abiertos. Sostengo su mirada, afilada, mientras me incorporo. Luego vuelvo a colocarme detrás de él. Mis siguientes palabras salen tan bajas junto a su oído que casi podrían pasar por una conversación privada—. ¿Por qué será eso, Raff? ¿No te gusta que te toquen… las chicas? —Cierro los ojos y aspiro el aroma de su piel limpia. Maldita sea, huele como el puto glaciar que siempre parece ser. Nieve silenciosa cayendo. Quiero devorar a este tipo, desde el dedo más pequeño del pie hasta el arco perfecto de su labio superior.

—Eres un rompecabezas fascinante, Raffael —digo un poco más alto, volviendo a incluir a Tanya—. Veamos si logramos encajar todas las piezas antes de que termine la noche. —Bajo las manos y coloco dos dedos sobre cada una de las manos de Tanya, guiándolas justo al lugar donde debería darle a Raff un pequeño masaje. Luego le levanto el mentón con un dedo y le guiño el ojo con una sonrisa perversa—. Hazme quedar bien.

Mientras ella se inclina hacia adelante para retomar el trabajo con ese carámbano de una forma que claramente le cuesta, un gemido bajo se le forma en lo profundo de la garganta. Ah, Dios, me recuerda cuánto exige atención mi propia verga. Pero esta noche no se trata de mí.

—Ni se te ocurra correrte todavía —le advierto a Raffael, casi riendo junto a su rostro—. Eso sería demasiado fácil. Y ni siquiera hemos terminado. Si quieres recuperar tu auto, te correrás cuando yo te diga. ¿Entendido?

Su cuerpo se tensa, pero se niega a responder.

—No te oigo, Raffael —lo provoco—. ¿En. Tien. Des?

Pasa otro instante antes de que un —Sí— muy ronco se arrastre fuera de su garganta. Me hace sonreír.

Llevo la mano al frente y desabrocho el primer botón de su camisa blanca. Y el segundo. Y el tercero.

Con los labios rozándole el hueco del cuello, aparto el cuello de la camisa y lo deslizo por su hombro. Mi lengua se mueve, robándole el sabor. Dios, qué delicioso. La hago girar en círculos firmes sobre el punto sensible a un costado de su garganta y termino de desabrocharle la camisa. Cuando la tela se abre, dejo que mis palmas planas recorran su abdomen duro y su pecho, sintiendo cada centímetro. Su piel es suave e increíblemente caliente. ¿Por fin se está derritiendo el iceberg? ¿Será posible?

Sus pezones están duros como granos de cristal bajo mis manos. Junto a mi oído suena un gemido muy bajo, apenas audible. Oh, es tan bueno reprimiéndose.

Me pego a su espalda y le permito apoyarse en mí cuando parece que las rodillas empiezan a fallarle por el tratamiento seductor que recibe desde dos frentes. Y lo acepta. Su cabeza cae hacia atrás sobre mi hombro mientras cierra los ojos con fuerza y jadea, y yo lo rodeo con los brazos para sostener su peso. Mi mano derecha se abre sobre su pecho y siento debajo el tamborileo ansioso y excitado de su corazón. —Tan rápido… —susurro mientras voy mordisqueando un camino por su garganta hasta el lóbulo de su oreja y le doy un mordisco suave. Su respiración se acelera aún más, casi trabajosa—. Todavía no, Raffael —lo freno con una voz serena y desafiante, y luego lamo con ternura el punto detrás de su oreja. Traga saliva con fuerza y casi le tengo piedad. Casi.

—Tanya —grazna—. Por favor… más despacio…

De inmediato siento cómo ella baja el ritmo. Le lanzo una mirada de advertencia por encima del hombro de Raff. —¡Haz eso y no vas a poder sentarte en toda la próxima semana! —Claro, había dicho que no le pegaría a una mujer, pero en esta situación incluso yo podría hacer una excepción y darle la nalgada de su vida.

Es bueno ver que no duda de mis palabras y retoma el ritmo que quiero. La excitación de Raffael se intensifica rápido ahora. El sudor le perla la frente, y puedo sentir los pequeños espasmos de sus músculos mientras lucha con todas sus fuerzas por mantener el control entre mis brazos.

Deslizo la mano por su garganta hasta colocarla justo debajo de la barbilla y le giro la cabeza, esperando a que abra los ojos y me mire. Cuando por fin lo hace, una chispa de anhelo se enciende en su mirada y me llama hasta que rozo con los labios la comisura de su boca. Pero no voy a besarlo. No esta noche. No en estas circunstancias. Aunque puedo sentir el fuego que lleva dentro, el deseo secreto que por fin empieza a abrirse paso hasta la superficie, será él quien decida cuándo sucede nuestro próximo beso. Y va a suceder. Él lo sabe tanto como yo. Porque ahora mismo está respirando para eso. Para mí. La chica frente a él está completamente olvidada.

Bajo ambas manos entre nosotros y tiro del extremo de la cinta, liberándolo de las ataduras. La cinta cae al suelo, su camisa se desliza por sus brazos y sus dedos se entrelazan con los míos sin que esta vez tenga que darle ninguna orden. Una simple caricia fue suficiente para arrancarle la rendición. Y lo sostengo con fuerza.

Todavía atrapados en las mangas de la camisa, sus brazos no pueden rodearme del todo cuando los muevo, así que lo suelto apenas un instante para deshacerme de la prenda y dejo que vuelva a encontrar mis manos. Luego levanto ambos brazos y los paso alrededor de él en un abrazo íntimo. Puede cerrar los ojos todo lo que quiera, eso no va a hacer que la verdad de esto sea menos real.

La imagen que tengo de Raffael se vuelve cada vez más nítida, aunque todavía hay piezas que no encajan. —¿Tanya? —digo en voz suave, rompiendo la música hipnótica que marca el pulso de nuestros corazones—. ¿Qué suele preferir que lleves puesto cuando juega contigo en este cuarto? Además de cuerdas, quiero decir.

Ella suelta el pene de Raffael y me mira con inseguridad.

—¿Algo de encaje? ¿Ropa interior provocativa? ¿Nada? —enumero algunas cosas que a mí me gustan. Pero me sorprende cuando niega lentamente con la cabeza.

—¿No…? —beso la garganta de Raffael sin apartar los ojos de ella—. Entonces, ¿qué?

Su voz tiembla de timidez cuando me responde. —Le gusta cuando llevo sus camisetas.

—¡Joder! —se me escapa una risa incrédula cuando por fin todo el rompecabezas encaja y miro a Raffael—. Ni siquiera puedes mirarlos mientras te los follas, ¿verdad?

En sus ojos brillantes es tan evidente que incluso el hecho de que yo lo sepa le duele. Mucho. No debería. Nada de esto debería dolerle. Nunca.

Paso el pulgar por el dorso de su mano, que todavía sostiene la mía, y luego le dedico una mirada comprensiva a Tanya. —Te aseguro que esto no tiene nada que ver contigo. Tienes un cuerpo impresionante, cariño.

Aun así… suelto a Raffael y me arranco la camiseta azul oscuro, para luego lanzarla al regazo de Tanya. —

¿Podrías ponértela, por favor?

Con una profunda preocupación en sus ojos grandes, obedece, mientras Raffael aprovecha el instante en que ni unas manos ni una boca deliciosa están sobre su erección para tomar aire. Sin embargo, la tregua dura poco. Basta con una sola mirada mía para que Tanya vuelva a trabajarlo con la boca con la misma ferocidad de antes.

Sintiendo ahora la espalda cálida de Raffael contra mi pecho, tomo sus manos y las deslizo junto con las mías dentro de los bolsillos de sus jeans, presionando nuestros dedos entrelazados contra su ingle.

—¿Por qué haces esto? —me suplica con voz ronca, apretando los ojos para escapar del mundo que con tanta desesperación quiere absorberlo. Desde hace años, creo.

—Para demostrarte que estás equivocado.

—¿Sobre qué?

Dejo que mis dedos salgan de sus bolsillos y suban por sus brazos, y susurro con absoluta sinceridad. —Sobre todo lo que te has hecho creer durante toda tu vida.

Luego deslizo mis brazos entre los suyos y dejo que mis manos recorran el camino desde su ombligo hasta la base de su erección. No avanzo más porque él saca las manos de los bolsillos y las planta sobre las mías, deteniéndome. Lo acepto. Más o menos. No usa la palabra de seguridad, pero percibo que este es el último límite que puede cruzar esta noche. Y lo está haciendo bien. Mejor de lo que imaginé al principio. Y, sin duda, mucho mejor de lo que alguna vez se atrevió a creer posible.

Con la lentitud justa para prepararlo para el último obstáculo de la noche, deslizo mis manos desde debajo de las suyas y luego las coloco con cuidado encima. Así lo guío hacia abajo, reemplazando los dedos expertos de Tanya alrededor de su verga. El gemido que se le escapa parte el alma. Y me revuelve la mía. Joder, si froto la entrepierna contra él aunque sea un segundo, voy a correrme en los pantalones como un pendejo imberbe.

Eso no va a pasar. No delante de la chica. Ella vino con expectativas, y alguien tiene que cumplirlas. Que dos tipos se corran afuera sería egoísta y, sin duda, bastante desalentador.

Para no sobrecargar a Raffael con la intensidad de todo esto, lo dejo trabajar solo durante medio minuto bajo mis dedos y luego aparto nuestras manos, llevándole los brazos hacia atrás y dejando que Tanya se encargue del final. —Puedes correrte ahora, si quieres —le susurro con voz áspera al oído, casi sin aire yo mismo.

Tarda exactamente tres segundos en clavarme los dedos con fuerza a los costados de los muslos y pegarse a mí, deshaciéndose en la boca de Tanya. Cuando meto las manos en los bolsillos delanteros de sus jeans y apenas lo acaricio ahí, apoya la cabeza en mi hombro y por fin deja de luchar por mantener el control. Beso y provoco el hueco de su cuello con la lengua durante todo su orgasmo, saboreando sus gemidos rotos.

Tanya es preciosa. Lo succiona hasta dejarlo completamente seco antes de limpiarse la boca con dos dedos y luego volver a abotonarle el pantalón con cuidado.

Cuando estoy seguro de que Raffael puede mantenerse en pie sin mi apoyo, me aparto y le sonrío a Tanya, curvando el dedo para indicarle que se levante. Tomo el dobladillo de mi camiseta y me la quito despacio por encima de su cabeza cuando ella alza los brazos. Luego le doy un beso en la mejilla y le digo en voz baja—. ¿Podrías esperarme en la cama?

Mientras ella asiente y se sienta sobre las sábanas moradas, me doy la vuelta y ahora dirijo mi sonrisa a Raffael. Se ha vuelto a poner la camisa blanca, pero la dejó abierta. —¿Te gustó? —le pregunto, apoyando la espalda en el poste de la cama y arrugando mi camiseta entre las manos.

—Como una endodoncia —gruñe, pero el brillo de

sus ojos cuenta otra historia.

—Oh, vamos, copito bonito. No me vengas con esa mierda. —Lanzo la camiseta a un lado y me acerco hasta quedar frente a él—. Podría haberte hecho correrte sin la boca de tu amiga encima. Y más rápido, además. Y lo sabes. Disfrutaste cada maldito roce sobre tu piel.

Veo el cambio en sus ojos cuando por fin recupera la compostura. Su mirada vuelve a congelar el aire a nuestro alrededor ahora que nadie le está chupando la verga. —La única razón por la que dejé que me tocaras es porque quiero recuperar mi auto. Y tú pusiste esa condición, imbécil. Esto no tuvo nada que ver con placer. Ni un poco.

Suspiro. —Ah, Raffael… de verdad desearía que hubieras dicho otra cosa.

—¿Como qué? —alza una ceja.

—La verdad.

Con terquedad, cruza los brazos sobre el pecho desnudo bajo la camisa abierta. —¿Y tú crees que la verdad es que podría sentir atracción por ti de alguna maldita manera?

—Admitir eso —imito su postura— sería un gran comienzo, la verdad.

Inclina la cabeza con una media sonrisa cínica que no llega ni de cerca a sus ojos. —Siento pincharte la burbuja, pero no es así.

—Siento pincharte la tuya, Raff, pero sí lo es. —Mérito suyo mantener la mirada firme, clavada en la mía. La mayoría, cuando los confrontan con ser gay, no consigue ocultar el pánico ni la vergüenza cruda. Él lleva demasiado tiempo manteniendo esta parte de sí mismo bajo llave. Todo ese rollo del control empieza a encajar cada vez más—. Ojalá pudieras aceptarlo y simplemente soltarte. Por tu bien, no por el mío.

Bueno, también por el mío. Tengo muchísimas, muchísimas ganas de follarme a este tipo porque es, probablemente, lo más sexy que he visto en un par de años. Y si no avanzamos pronto, voy a tener que recurrir a métodos más directos para abrirle los ojos. Pueden ser bastante dolorosos y, en ese caso, ni siquiera tendría que tocarlo.

—No me interesa esta conversación estúpida —dice, con los ojos convertidos en rendijas heladas—. ¿Vas a volver a masturbarme con la mano o ya fue suficiente para que me devuelvas el auto?

—Creo que todavía me queda otra hora antes de que se termine mi tiempo aquí —replico con la misma frialdad—. Pero no soy un sádico como tú lo eres con tus sumisos. Nada de lo que acabo de hacer fue para ahogar un deseo con el que no sé lidiar, como sospecho que es tu caso. Prefiero enseñarte una lección concreta. Algo sobre ti mismo. Solo desearía que no te costara tanto aceptar la verdad. Y no estoy del todo seguro de que puedas digerirla encima de todo lo demás esta noche. —Meto los dedos en los bolsillos, paso la lengua por los dientes superiores y luego succiono el colmillo izquierdo—. Pero te haré una oferta justa.

—¿Cuál?

—Bésame y puedes salir de este cuarto ahora mismo.

Da un paso atrás y suelta una risa incrédula. —Estás loco si crees por un segundo que—

—Última oportunidad, Raffael —lo interrumpo—. Y lo digo en serio.

Se apoya contra la cómoda, agarrándose del borde con ambas manos con tanta fuerza que los nudillos se le ponen blancos. —No voy a besarte. Y mucho menos voy a dejarte solo aquí con ella. —Asiente hacia la cama, donde Tanya sigue sentada, abrazándose las piernas enfundadas en botas, observándonos en silencio como la chica más obediente del mundo. La entrenó bien.

—Si te preocupa que pueda hacerle daño, te aseguro que va a disfrutar cada minuto conmigo. Pero deberías tomarte esta advertencia en serio, Raffael. Su placer será tu dolor.

No dice nada. Solo me desafía con una ceja arqueada. Y suspiro.

—Muy bien. —Le agarro el brazo y lo arrastro por el cuarto, maldiciendo su obstinada ignorancia. Las esposas acolchadas que cuelgan de la barra transversal al costado de la cama me han tentado desde el momento en que puse un pie en esta habitación hace tres días. Ya es hora de probarlas.

Hago que Raffael se arrodille sobre la cama y levante los brazos para poder esposarle ambas muñecas, mientras aspiro su aroma a nieve ártica. Las esposas están claramente colocadas para la altura de Tanya, dejándole a Raffael demasiado juego. En el cabecero encuentro el mecanismo para ajustar las cadenas y tiro con fuerza hasta que queda suspendido de las esposas, como si estuviera crucificado.

Hermoso.

Le tomo el mentón y lo obligo a mirarme. —Esta vez no voy a tocarte. Pero lo que viene ahora puede dolerte más que lo que hicimos antes. No digas después que no te advertí.

—Vete al infierno —responde, con muerte en la voz.

Oh, sí. Creo que acaba de hacerse una idea bastante clara de lo que le espera.

CAPÍTULO 7

Raffael

Mi cuerpo sigue ardiendo, la cabeza me da vueltas y los brazos empiezan a entumecérseme. Sebastian apretó demasiado las cadenas que me mantienen suspendido desde la cabecera de la cama, de rodillas sobre el colchón. Estoy colgando a su merced, con un asiento de primera fila para un polvo que de verdad no quiero ver.

Tanya está tirada sobre las sábanas frente a mí; inclina la cabeza hacia atrás y me mira. —¿Estás bien? —articula rápido con los labios mientras Sebastian rodea la cama para colocarse entre sus piernas, frente a mí. Con los labios apretados, la tranquilizo con un asentimiento seco. No necesita saber cómo la última hora me destrozó por dentro y me dejó hecho pedazos.

Los músculos de los brazos y la espalda de Sebastian se marcan cuando se inclina sobre el cuerpo desnudo de Tanya. Los tatuajes que le cruzan el pecho firme se extienden por los bíceps y bajan aún más por el brazo derecho. Me aferro a un solo punto para no perder la cabeza: el brazalete de cuero negro en su muñeca izquierda, donde debería llevar el reloj. Baja la cabeza y le susurra, arrastrando las palabras junto a su oído: —¿Probamos cuánto aguantas si no te dejo correrte, cariño?

Con la cara encendida, ella se muerde el labio inferior y asiente apenas.

Sebastian se desliza por su cuerpo, rozándole la piel con los labios en una línea recta, y al pasar le baja el camisón por los muslos. —Hoy es día de abrir regalos —murmura con placer contra su sexo depilado, pero no se queda ahí. Ya sin la prenda, le separa con cuidado las rodillas; luego le levanta la pierna derecha y le desabrocha la bota de cuero negro. Muy despacio, se la saca del pie, la deja caer al suelo y empieza a besar un camino desde el tobillo por el interior de la pantorrilla y el muslo, sin apartar la mirada de su rostro. Cuando deposita el primer beso de verdad en su centro húmedo, sus ojos se cruzan con los míos y me clava una sonrisita perversa.

Le sostengo la mirada sin pestañear. Solo cuando vuelve a entregarle toda su atención a la chica bajo él cierro los ojos y aprieto con más fuerza las cadenas contra las esposas acolchadas. Instantes después escucho la segunda bota caer, seguida de los gemidos pequeños de Tanya. Conozco su escala; sé qué significa cada ruidito. Reconozco los chillidos diminutos cuando le hacen cosquillas en ciertos puntos y los gemidos ásperos cuando se hunde en una pasión más profunda, ansiando liberarse.

Y, por lo que escucho, Sebastian está haciendo un muy buen trabajo complaciéndola.

Jesucristo, por favor, que me desmaye.

Una oveja. Dos ovejas. Tres ovejas…

Ojalá pudiera desconectarme de los sonidos. Y de las imágenes que me pintan la cabeza sin que siquiera mire. Maldito Sebastian. Que se vaya al infierno por jugar conmigo a este juego retorcido.

Veinticuatro. Veinticinco. Veintiséis. Veintisiete…

Lo único que puedo hacer es convencerme de que es Felix quien está complaciendo a Tanya frente a mí. Porque cualquier otro pensamiento duele como el infierno.

Mil doscientas noventa. Mil doscientas noventa y

una. Mil doscientas noventa y dos.

—¿Raffael? —la voz suave pero exigente de Sebastian me roza la piel y me hace temblar—. Abre los ojos.

Sé que no tengo opción. He llegado hasta aquí. Solo necesito aguantar unos minutos más para conseguir por fin lo que quiero. Lo que de verdad quiero. Lo único que quiero. Mi auto. No a este maldito imbécil frente a mí.

Trago saliva y obedezco. Y de inmediato desearía no haberlo hecho. Está de rodillas frente a mí, completamente desnudo, duro como una piedra, y me sostiene un maldito envoltorio de condón delante de los labios. —¿Me lo abres, por favor?

Mil doscientas noventa y tres.

Coloco los dientes en una esquina y rasgo el papel aluminio, abriéndolo despacio mientras giro la cabeza.

Mil doscientas noventa y cuatro.

Luego le clavo la mirada y le escupo el pedacito arrancado en la cara.

Mil doscientas noventa y cinco.

Él suelta una risa baja y susurra: —Nada de volver a cerrar los ojos.

Haga lo que haga con sus ideas sádicas, me niego a verlo deslizarse el condón por el pene y, en su lugar, dejo que la mirada se me vaya al rostro de porcelana de

Tanya. Tiene los ojos cerrados y el rubor en las mejillas delata que ya pasó por su primer orgasmo. Como si no me hubiera dado cuenta por sus gemidos alrededor de la oveja ochocientas cuarenta y siete.

Sebastian vuelve a entrar en mi campo de visión cuando se afirma sobre ella. Tanya abre los ojos con una sonrisa. Sus piernas se mueven un poco alrededor de su cintura cuando él se desliza dentro de ella y empieza a balancearse con un ritmo suave que hace que los músculos de su trasero perfecto se contraigan en un compás hipnótico. Joder, me doy cuenta demasiado tarde de cuánto tiempo llevo mirando y alzo la vista por su espalda y sus hombros bien definidos. El cabello oscuro le cae en mechones sudados sobre la frente. Su respiración es lenta pero intensa y, mientras se mueve dentro de Tanya, clava los ojos en los míos con una pasión que me asusta.

Cuando Tanya se acerca a otro clímax, le lleva las manos a la espalda y le clava las uñas en los omóplatos, pero él se las aparta enseguida. Le sujeta con fuerza la mano izquierda, besa las yemas de sus dedos y, por primera vez en minutos, baja la mirada hasta su rostro.

—Nada de arañazos, cariño —susurra, sonriendo.

Justo cuando creo que la peor parte de mi tortura esta noche ya quedó atrás, el corazón se me detiene cuando se inclina para besarla en la boca. Le abre los labios con los suyos y desliza la lengua dentro. Dejo caer la cabeza hacia atrás y me quedo mirando el techo, con los dientes apretados.

Dijo que mantuviera los ojos abiertos, no que tuviera que mirar.

Un. Millón. De. Ovejas.

Las dejo pasar una tras otra por encima de mí y que me maten dentro de la cabeza.

Porque… sí, maldita sea, Sebastian tenía razón. Sus dedos recorriéndome el cuerpo me hicieron algo. No sé qué fue. Ni siquiera quiero entrar ahí y explorarlo, porque eso significaría enfrentar demonios para los que no estoy listo. Pero si me hubiera besado hace media hora, cuando todavía me rodeaba con los brazos en un abrazo magistral, lo habría dejado. Y me habría gustado.

Mirando las cadenas que recorren la barra transversal de la cama, me muerdo el labio inferior hasta saborear sangre. Me he acostado con chicas desde los dieciséis. ¿Cómo demonios puedo sentirme atraído por un hombre ahora?

Un roce en la mano izquierda me arranca de mis pensamientos y giro la cabeza de golpe. Sebastian, otra vez vestido con su camiseta azul oscuro y los jeans, desabrocha los grilletes alrededor de mis muñecas. Guarda silencio, con una expresión suave. De pie junto a la puerta, completamente vestida, Tanya me observa con una compasión silenciosa por lo que tuve que pasar. Luego nos deja solos.

Resoplo y trago saliva, frotándome las muñecas cuando quedo libre y puedo bajar de la cama. —¿Ya terminamos? —pregunto, con un tono helado.

Sebastian asiente.

—¿El Corvette vuelve a ser mío y nada va a cambiar eso?

Mete la mano en el bolsillo del jean y saca la llave del auto, tendiéndomela sobre la palma abierta. Rechinando los dientes, la agarro. La miro un instante breve e intenso, luego cierro los dedos alrededor y le lanzo un puñetazo duro como hierro en la mandíbula. Su cabeza se va hacia un lado y se aferra al poste de la cama al tambalearse. —¡Maldito imbécil! —escupo.

Es la primera vez que golpeo a un hombre. Y el ardor en la mano es uno que no reconozco. Pero el dolor se siente bien de una manera extraña. Es bienvenido. Ahoga pensamientos que no quiero tener. Es mil veces mejor que contar malditas ovejas.

Cuando Sebastian se endereza de nuevo, pasa la punta de la lengua por la comisura de los labios, lamiendo la sangre. Luego se limpia el resto con el dorso de la mano. —¿Te sientes mejor?

—Sí. —Y no. Y… argh, ¡Dios salve a la reina!

—Bien. Ahora, siéntate.

Me río. Es un sonido cargado de veneno. —Ya no me das órdenes en esta habitación.

Sebastian solo pone los ojos en blanco. —Por favor… Siéntate. —Su mirada se desvía un segundo hacia el borde de la cama. Hay una suavidad honesta en sus ojos que me dan ganas de obedecer su… petición. No fue una orden.

Sentarme se siente bien después de todo el tiempo que pasé de rodillas. Al fin puedo recuperar el aliento.

Toma el sillón por el apoyabrazos, lo acerca y se sienta justo frente a mí. Con los antebrazos apoyados en las rodillas y los dedos entrelazados, se inclina un poco hacia adelante para mirarme directo a los ojos durante un momento largo e insondable. Cuando por fin habla, su voz no se parece en nada a cómo se comportó toda la noche. Tranquila. Adulta. Experimentada. Todo lo que yo no me siento. —Eres quien eres, Raffael. Y eso no va a desaparecer, por más veces que castigues a Tanya, o a cualquier otra mujer, por ello.

Siento la garganta tan cerrada que dudo poder tragar siquiera la saliva que se me acumula en la boca.

—Y cuando estés listo para aceptar eso —continúa, dedicándome una pizca de sonrisa cálida que le llega a los ojos—, me encantaría verte de nuevo.

Inhalo. Exhalo. Me dejo caer hacia atrás sobre las sábanas porque no sé qué más hacer ahora mismo. Sebastian se ríe. Luego se pone de pie y me da una palmada en el muslo derecho, una sola. —Tienes mi número. —Un instante después sale del cuarto y escucho cómo se cierra la puerta del baño.

Jesucristo. Me froto la cara con las manos y gimo. ¡Qué puto desastre!

Mientras Sebastian, obviamente, se arregla después del momento intenso que acabamos de vivir los tres en el cuarto de juegos, bajo de la cama y arrastro los pies escaleras abajo. Tanya está sentada en el sillón, observando cada uno de mis movimientos. Debe haber pasado por mi habitación, porque ahora lleva puesta una de mis sudaderas negras sobre la ropa. Permanece en silencio. Supongo que hablaremos pronto. Cuando estemos solos.

Por ahora, agarro la llave del Honda del desayunador de la cocina, donde la dejé esta tarde, y me doy vuelta cuando escucho a Sebastian bajar las escaleras a paso ligero. Me lanza una mirada coqueta, pero está claro que no va a decir ni una palabra más esta noche. Al menos, no a mí. En cambio, se acerca a Tanya, le apoya la mano en la nuca y la atrae un poco hacia él para besarla en la coronilla. —Gracias por tu ayuda, cariño —le dice.

Cuando se dirige a la puerta, le arrojo su llave a través de la habitación y la atrapa con una sola mano. Con los labios apretados en una sonrisita, alza las cejas una vez a modo de despedida, o de promesa; no estoy seguro. Luego sale de mi departamento y la puerta se cierra de golpe.

Me quedo mirando el portal cerrado un minuto más. Después vuelvo a la cocina para sacar una botella de agua del refrigerador. Al destaparla, doy un trago largo y profundo, todavía sin estar listo para enfrentar a Tanya. O para escuchar lo que tenga que decir.

Durante un buen rato me quedo mirando fijamente el interior de la botella abierta, como si pudiera encontrar alguna maldita respuesta en el agua. Pero el agua siempre guarda silencio, no importa cuán superficial o profunda sea. Al final, vuelvo a enroscar la tapa y aprieto la botella con fuerza mientras camino despacio hacia la sala y me dejo caer en el sillón frente a Tanya. Pasa otro momento antes de que pueda obligarme a mirarla a los ojos.

Ella suspira.

Yo también suspiro. Y subo las piernas al sillón.

No quiero escuchar lo que piensa. No quiero leerlo en sus ojos. Mierda, no quiero tener esta conversación en absoluto.

Pero sigue ahí… una y otra vez.

Ella se pasa el labio inferior entre los dientes.

Trago saliva.

Parpadea con regularidad, aunque con pausas increíblemente largas entre un parpadeo y otro.

Rodeo mis piernas con los brazos y aprieto las rodillas contra el pecho, sujetando la botella de agua con fuerza.

Tanya inclina la cabeza y yo apoyo la frente en las rodillas, enterrando el rostro en la negrura de la cueva que acabo de crear.

Algo se mueve sobre el sillón. Unos dedos suaves aflojan los míos y me quitan la botella. Luego, unos brazos femeninos y cálidos me rodean y me aprietan con fuerza.

Respirar duele.

Ella me acaricia la espalda de arriba abajo.

Bajo los pies y la jalo de costado para sentarla sobre mi regazo. Apoyo el rostro en el hueco de su cuello y la abrazo con fuerza, como si fuera mi osito de consuelo.

Sus dedos se deslizan por mi cabello. Luego apoya la mejilla sobre la parte superior de mi cabeza y simplemente me sostiene. —Está bien así —susurra.

Y estoy agradecido por esta conversación.

CAPÍTULO 8

Raffael

Tanya ya se fue y, durante la última hora, no he hecho más que saltar de canal en canal sin rumbo, con la esperanza de toparme con algo que me distraiga. Por alguna razón, esta noche no me apetece conectarme con mis amigos para matar zombis, aunque, visto lo visto, seguramente habría sido una mejor idea que la basura que pasan en la tele a la una y media de la madrugada.

Recorro los ciento veinte canales por última vez, sin ni siquiera intentar contener el enorme bostezo. Tal vez ya sea hora de irme a dormir. Pero justo cuando mi pulgar se queda suspendido sobre el botón para seguir avanzando, una presentadora de noticias, con rizos negros y una blusa roja, me arroja las palabras "Gay Pride" directamente a la cara.

El término desata una oleada incómoda de adrenalina que me atraviesa el cuerpo. Aun así, con los ojos entornados, me quedo en la BBC y escucho mientras la presentadora habla del próximo desfile del Orgullo Gay en Londres, durante la primera semana de julio. No sé muy bien por qué me detengo a oírla. Tal vez porque me gusta su voz. O quizá porque algún imbécil en un Honda blanco me folló esta noche y me abrió la puerta a mundos que no conocía.

La transmisión, un montaje de desfiles por toda Inglaterra, muestra a gente celebrando. Algunos se ven normales; otros llevan atuendos exagerados y llamativos. Ríen sin parar. Y se besan todavía más. De verdad parecen felices.

El reportaje continúa con imágenes de opositores a ese estilo de vida marchando en contramanifestaciones, con peleas callejeras que estallan de pronto. Se me revuelve el estómago. La presentadora habla de los disturbios que se esperan una vez más durante el desfile, como todos los años. Aprieto el botón y apago esa mierda antes de irme a la cama. Lo último que necesito ahora mismo es tener en la cabeza la imagen de un grupo de imbéciles marchando porque besé a un hombre hace tres días… y me gustó.

Tal vez.

O tal vez no.

¡Ah, no lo sé!

Bueno, quizá solo un poco.

Me froto la cara y gimo contra las palmas. ¡Jesucristo! ¿Qué demonios me está pasando?

*

Es la última semana en la universidad. Los exámenes ya terminaron y esta semana solo me quedan tres clases más: dos hoy por la mañana y la última el viernes.

Tanya estudia arte en la misma universidad en la que yo curso arquitectura. Es agradable tenerla cerca y poder verla durante los descansos. Cuando se puede, pasamos a buscar a Felix para almorzar en la tienda de aerografía donde trabaja. Hasta ahora, casi no hemos pasado dos días seguidos sin vernos. Esta semana, sin embargo, uso la excusa de no estar en el campus para esquivar a mis amigos. Simplemente no tengo ganas de hablar de lo que pasó últimamente y, considerando el juramento que hicimos de no guardarnos jamás secretos, estoy bastante seguro de que Felix ya sabe cómo esas dos horas en mi sala de juegos se salieron de control de una forma espectacularmente desastrosa.

Solo necesito un poco de tiempo para procesarlo todo y volver a sentirme centrado.

Aun así, los dos me escriben por WhatsApp todos los días. Tanya con más insistencia que Felix, preguntándome cómo estoy y si quiero hablar de algo. Todavía no. Aún no. Lo único que quiero es subirme al auto, manejar hasta el campo y volver, y perderme en la felicidad de tener a mi bebé solo para mí otra vez. Sebastian guardó sus papeles en la guantera. Yo podría haber hecho lo mismo con los míos, pero no lo hice. La documentación de propiedad del Honda sigue sobre el escritorio del estudio, exactamente donde la dejé después de que Sebastian se fuera llevándose solo la llave. El contrato, en cambio, lo rompí en mil pedazos y lo tiré a la basura.

El jueves por la noche, mis amigos deciden, evidentemente, que mi pausa social ya duró suficiente y aparecen con una visita sorpresa. Tienen suerte de que me caigan bien, porque normalmente no dejo entrar a nadie en mi departamento si no avisa con al menos una hora de anticipación. Aprieto los labios en una línea tensa mientras abro la puerta y me encuentro con sus miradas.

Una cosa es lidiar con Tanya. Puedo hacerla callar cuando quiero. Pero no tengo ni idea de cómo va a reaccionar Felix ante la noticia de que un tipo me dominó en mi propia sala de juegos. Es humillante hasta los huesos.

Los tres nos quedamos ahí, mirándonos, durante tres segundos de silencio absoluto. Hasta que Felix finalmente levanta una bolsa plástica blanca llena de cajas del local de comida china que nos gusta y sonríe con suficiencia mientras se cuela a mi lado.

—Trajimos comida. Ahora levanta esa vagina del piso y déjanos pasar. Tengo hambre.

Y eso es todo.

Tanya entonces se pone de puntillas y me besa la mejilla, susurrándome al oído un suave: —Hola.

Cierro la puerta y los sigo, no sin cierta resistencia, hasta la sala de estar, donde me siento en el apoyabrazos del sillón mientras ellos empiezan a destapar las cajas humeantes, llenando el aire con aromas intensos y especiados. Tanya me pasa un par de palillos y me deslizo del apoyabrazos a los cojines para alcanzar el recipiente con el pato pekinés asado. Cruzo las piernas sobre el sillón, me llevo el primer bocado a la boca y recién entonces me doy cuenta de que no he comido nada en dos días enteros. Dios, esto está increíble.

—Entonces —dice Felix con la boca llena, lanzándome una mirada despreocupada—, ¿qué se siente tener las manos de un hombre sobre tu cuerpo?

¡Jesucristo! Escupo el pato masticado de vuelta dentro de la caja y lo fulmino con la mirada, horrorizado.

—¡Felix! —Tanya le da un codazo fuerte, con la indignación claramente reflejada en la cara.

Él me mira como si su pregunta fuera de lo más normal y luego le frunce el ceño a ella, con absoluta inocencia.

—¿Quéeeé?

Siento las mejillas arder como si estuvieran en llamas.

—Yo, él... —Ella lo fulmina con la mirada—. ¡Estamos comiendo! —remata, como si esa fuera una razón irrefutable, lo que solo consigue que Felix se ría. Yo también. Un poco.

—Cuando Raff y yo comemos sin ti, siempre hablamos de tu vagina y de lo increíble que eres para...

—Feeelix... —Ahora me toca a mí hacerlo callar.

Riéndose, voy a la cocina para sacar el pato escupido del resto de mi cena y tirarlo a la basura, pero su queja me sigue.

—Esta noche ustedes dos no tienen nada de gracia.

Niego con la cabeza y, cuando regreso y sigo comiendo lo que queda del pato pekinés, por fin cambia de tema. Gracias a Dios.

—Oye, ¿conoces a ese tipo increíble de Facelift Cars? ¿El del pelo azul?

—Sí —murmuro alrededor del siguiente bocado. Es un programa sobre tunear autos que lleva años al aire en el Reino Unido. Felix y yo lo vemos juntos desde siempre.

—No —responde Tanya.

Claro.

Felix pone los ojos en blanco al mirarla y luego sigue hablando en mi dirección en lugar de la suya. —Quiere una pintura con aerógrafo para su auto y vino a la tienda esta mañana. Diego está considerando dejarme hacerlo porque al tipo le gustó más mi trabajo que el del catálogo de proyectos anteriores.

—Guau. —Se me abren los ojos, sorprendido y con una admiración totalmente sincera—. ¡Eso es enorme!

Él sonríe como un loco. —Incluso quieren llevarlo al programa.

Estoy increíblemente orgulloso de Felix. Se lo merece. Su trabajo es exquisito. —¿Qué tipo de motivo quiere?

—Le gustó la cara de una pantera que hice una vez en un camión. Algo así, supongo. Por cierto. —Me señala con los palillos por encima de la mesa ratona—. ¿Ya sabes qué quieres que haga en el Stingray?

—Estoy pensando en una calavera ahumada en el capó. Y quizá un dedo medio esquelético atrás.

Poniendo los ojos en blanco, Tanya dice con voz plana: —Genial.

—Oye, no podemos cubrir el Corvette con hadas, aunque sé que a ti te encantaría, cariño —se burla Felix y le da un golpecito con el hombro para que se le caiga el pollo atrapado entre los palillos. Mientras ella vuelve a pescarlo, mi WhatsApp suena con un mensaje. Clavo los palillos en la caja que todavía sostengo y, con la mano libre, saco el celular del bolsillo del jean.

Sin embargo, en cuanto desbloqueo la pantalla, el pulso se me dispara de sesenta a doscientos sesenta en una fracción de segundo. Todos los sonidos mueren en la habitación mientras me quedo mirando el teléfono, atónito.

Trago saliva.

—Bueno, amigo, desde aquí podemos oírte el corazón —dice Felix, un poco nervioso—. Así que o ganaste la lotería, o…

—Sebastian te mandó un mensaje —termina Tanya la frase con un suspiro jubiloso.

Levanto la vista hacia sus ojos llenos de esperanza, con los labios todavía tensos.

Al instante, su sonrisa se ensancha. —¿Qué dijo?

—Ay, vamos —se queja Felix—. Dale un poco de privacidad al tipo.

Normalmente no me molesta la curiosidad infinita de Tanya, pero esta noche, la verdad, agradezco la intervención de Felix. Me aterra que con solo ver su nombre en la pantalla, sin siquiera haber leído el mensaje todavía, algo dentro de mí se descontrole como si acabara de ganar un Lamborghini o algo así.

Cuando no me muevo durante un segundo de más, Felix empieza a guardar la comida y a devolverla a la bolsa de plástico. —Es tarde. Mejor nos vamos.

—¿Quieres hacer qué? —La protesta indignada de Tanya es casi tierna mientras él le quita los palillos de las manos.

También los tira en la bolsa. —Levántate, Tanya.

—¿Pero por qué? Está tan lindo, y yo…

Felix le toma el mentón y la obliga a mirarlo, de pie frente a ella. —¡La puerta! ¡Ahora! —ordena y la clava con una mirada que no deja lugar a discusión. Vaya, hasta yo siento el impulso de levantarme y agarrar la campera para irme.

Los ojos de Tanya se agrandan por la sorpresa, luego se pone de pie del sillón y lo sigue hasta el recibidor. Conmigo justo detrás, me lanza una mirada por encima del hombro, formando un confundido «¿Qué?» con los labios. Lo único que puedo hacer es encogerme de hombros. Nunca había visto a Felix así. Pero, al menos, encontró el tono exacto para que ella obedeciera.

—Podemos terminar de comer en mi casa —ofrece, un poco más suave, aunque todavía lo bastante firme como para que ella no discuta.

Tanya se da vuelta de golpe y me da un beso de despedida en la mejilla. —Llámame luego y dime qué quería —susurra, y sonríe antes de salir por la puerta.

Felix choca su mano con la mía. —Mañana hablamos de la pintura con aerógrafo.

Asiento. —Gracias por la comida.

Entonces la puerta se cierra y me quedo solo. Me doy vuelta para fulminar con la mirada a mi teléfono sobre la mesa ratona, a unos tres metros de distancia. Joder. Algo anda muy mal conmigo si un simple pitido puede cortar así una cena agradable.

Con el corazón acelerado otra vez, vuelvo a la sala y me dejo caer en el sillón, por fin abriendo el mensaje.

Sebastian

Sabes que solo me devolviste la llave y no los papeles, ¿verdad?

Me quedo mirando esa única línea durante muchísimo tiempo, con una extraña excitación latiéndome en el pecho ante la leve provocación de esas palabras. ¿Y ahora qué? ¿Iniciar una conversación? ¿Decirle sin más que pase mañana a recogerlos? Mierda, todo es confuso. Sobre todo el hecho de que siquiera tenga que pensarlo y no contestar de inmediato, como haría con cualquier otra persona del planeta.

Entrelazo las manos frente a la boca y la nariz y suelto un suspiro nervioso. Luego escribo una sola palabra.

Yo
Sí.

Tarda tres segundos en aparecer el doble tilde azul y otros diez más hasta que llega un nuevo mensaje. Durante todo ese tiempo, los dedos se me acalambran alrededor del teléfono.

Sebastian
¿Planeas cambiar eso?

Oh. Vaya. Eso significa volver a vernos. La emoción y una oleada de miedo me golpean al mismo tiempo. Se me seca la boca.

Yo
Sí.

Los tres puntitos empiezan a moverse, señal de que está escribiendo otra vez. Los observo, fascinado, hasta que se convierten en texto.

Sebastian
Genial. ¿"Sí" es la única palabra que sabe escupir tu teléfono?

Eso me arranca una sonrisa y escribo sí otra vez. Pero lo borro. Es una tontería.

¿O no?

Al fin y al cabo, él se lo buscó. Mientras vuelvo a escribirlo y lo borro de nuevo, reaparecen los puntitos danzantes. Él también está escribiendo. Su mensaje llega antes de que pueda enviar el mío. Que no habría enviado de todos modos, porque lo borré otra vez.

Sebastian
En serio, ¿cuántas veces escribiste el puto SÍ y lo borraste?

Me echo a reír y, antes de contestar, agrego tres caritas llorando de risa.

Yo

¡¡Demasiadas veces!!

Entonces me hundo un poco más en el sillón, apoyo la cabeza contra el respaldo y hago una mueca mirando al techo. Mi pulso se normaliza antes de que llegue su siguiente mensaje y, por primera vez, empiezo a disfrutar de verdad la conversación, que a partir de ahí se vuelve más suelta, más natural.

Sebastian

Entonces… ¿mis papeles, Raffael?

Yo

Te los envío por correo.

Sebastian

Ni se te ocurra, copito…

Yo

¡Oye! Es la forma más fácil.

Sebastian

La forma más fácil sería verme y entregármelos en persona.

Trago saliva ante lo directo de la propuesta. No sería la forma más fácil. Sería, sin exagerar, la más difícil que se me ocurre. Me tomo un buen rato para pensar cómo salir de esta.

Yo

Lo siento, tengo una semana muy ocupada. No puedo.

Sebastian

Cobarde

Yo

No lo soy. Es verdad. Tengo un montón de cosas de la uni.

Sebastian

¿Tu última semana antes del verano? Yo también fui a la universidad. Sé cómo funciona.

Me muerdo el labio inferior. Joder. Probablemente no haya una salida sencilla. Pero lo último que quiero es a Sebastian otra vez en mi departamento. Así que suspiro y propongo el café al que, según me contó Tanya, ellos dos fueron antes de aquella noche fatal en la sala de juegos.

Yo

Está bien. ¿Nos vemos en el Starbucks de la esquina?

Domingo a las 4 p. m.

Sebastian

VIERNES a las 4 p. m. Buenas noches, Raff.

Mierda. Trago saliva. Viernes es mañana.

CAPÍTULO 9

Sebastian

Llego tarde a Starbucks. El tráfico fue un infierno y, para colmo, tuve que caminar dos cuadras desde el estacionamiento hasta el café. Probablemente habría sido mejor idea dejar el auto en el estacionamiento subterráneo del edificio de departamentos de Raffael. Seguro me habría ahorrado quince minutos.

Le doy la vuelta a la visera de mi gorra negra de Nike hacia atrás y empujo la puerta para entrar, barriendo el lugar con la mirada. Cuando distingo una cara conocida en una mesa al fondo, suelto una risa por lo bajo y niego con la cabeza. Qué gallina de mierda. Camino directo al reservado donde me esperan los papeles del auto, me deslizo en el asiento junto a la chica de cabello negro y cruzo los brazos de manera provocadora sobre la mesa frente a Raffael. —¿En serio? ¿Tenías que traer refuerzos? —me burlo—. ¿Tenías miedo de que pareciera demasiado una cita si venías solo?

La sonrisa tensa con la que me responde es adorable.

Me inclino, rodeo el cuello de la chica con los dedos y la acerco para darle un beso en la cabeza. —Hola, Tanya.

La mesera se acerca y pido un espresso con un vaso de agua. —Y lo que ella quiera —agrego, señalando a Tanya con la cabeza, ya que su taza está vacía.

—Un frappuccino de caramelo, por favor —dice ella, sonriendo.

Cuando la mesera se va, se instala el silencio. Yo me limito a mirarlo fijamente, sin parpadear. Sus labios se tensan y me dan ganas de reírme. Cuando la mujer regresa con las bebidas, pago ambas de inmediato, como es costumbre en este lugar. También le habría invitado algo a Raff, pero su café helado todavía está a la mitad. Está claro que la chica succiona un poco más rápido que él.

—Tienes suerte de que esté conmigo y me haya

impedido irme con tus papeles hace diez minutos —dice Raffael, retomando mi burla anterior y sonando mucho más como él mismo que la última vez que nos vimos. Bueno, al menos mucho más como el tipo que conocí la noche de la carrera. Toma un pequeño montón de papeles del asiento a su lado y los empuja hacia mí, añadiendo—: De verdad odio cuando la gente llega tarde.

Ante sus palabras, ladeo la cabeza. Lo dice de una manera que me hace pensar que debería tomármelo como una advertencia en serio si quiero seguir pasando tiempo con él. Y quiero. Así que me limito a sostenerle la mirada con una expresión cálida, sin bromear esta vez, y asiento una sola vez. —Voy a ser más considerado contigo en el futuro.

Mi respuesta borra por completo la sonrisa de Raffael. Una fina capa de piel de gallina le recorre los antebrazos hasta perderse bajo las mangas arremangadas de su enorme camiseta blanca de hockey. Frunce el ceño, confundido, y Tanya se ríe. —Eres increíblemente dulce cuando alguien te toma por sorpresa, Raff, ¿lo sabías? —le dice a su amigo mientras se lleva a la boca la crema batida de su bebida con la cuchara.

—Como un copito tímido —coincido con una sonrisa ladeada, apoyando los antebrazos en la mesa y guiñándole un ojo a Raffael.

Como si entrara en pánico ante la posibilidad de que alguien nos hubiera visto, su mirada recorre el lugar por un instante. Al segundo siguiente, baja la cara con rapidez para esconder los ojos detrás de la maraña de cabello rubio platino que le cae sobre la frente, mientras fija la vista en su bebida. —¡Por el amor de Dios! ¿Podrías no coquetear conmigo aquí? —murmura.

Para recuperar su atención, estiro la mano hacia su vaso y lo aparto de él. Su mirada sigue mi mano, pero se queda clavada en mi cara. —Está bien —digo arrastrando las palabras, sin sonreír, con un matiz claramente provocador en la voz—. Entonces ¿dónde?

Sus ojos azul ártico se clavan en mí, con un millón de emociones brillando en ellos. La sorpresa es la más evidente, pero también hay curiosidad. Deseo. Y cuando parece darse cuenta de sus propios pensamientos, un leve rubor le sube al tercio superior de las mejillas. Apenas un toque de rojo, en realidad. Es adorable.

Que no va a darme una respuesta queda claro cuando intenta recuperar su café helado y lo acerca hacia sí, con los dientes apretados. Pero una sugerencia inesperada llega desde la chica a mi lado. —El cuarto de juegos —dice Tanya.

Los dos nos giramos hacia ella y Raffael suelta, incrédulo—: ¿Qué?

Ella se encoge de hombros con indiferencia, como si esos treinta metros cuadrados de su departamento pudieran arreglar todos los pequeños problemas del mundo. —Perdón. —Sin dejar de concentrarse en su frappuccino, murmura—. Ignórenme. Solo estaba pensando en voz alta.

Inclino la cabeza, sin la menor intención de dejar escapar esa idea ni por un segundo. —No. Sigue hablando, por favor. —Ahora sí tiene toda mi atención.

Impulsada por mis palabras, alza la vista y se aclara la garganta. —Bueno… —Su mirada va y viene entre Raffael y yo, pero se queda un poco más en él, y lo que dice a continuación va dirigido solo a él—. Es bastante obvio que tú… encuentras intrigante la idea de conocer mejor a Sebastian. —Hace una mueca, y su rostro se le enciende con un rubor incómodo, consciente de que está poniendo a su amigo en aprietos.

A mí, en cambio, me gusta la forma en que lo dice.

Sus ojos oscuros vuelven a mí mientras suelta un suspiro largo. —Le hiciste replantearse algunas cosas sobre quién es, y seguramente necesita tiempo para acomodar esta parte nueva de sí mismo.

Conmovido por sus palabras, le lanzo una mirada breve a Raffael, que no tarda en tensar la mandíbula como si fuera a partirse los dientes.

—El cuarto de juegos siempre ha sido un lugar un poco fuera de la realidad —continúa entonces Tanya—. Otras reglas. Nada que tenga que tocar tu vida real si no quieres. Un espacio donde todo puede pasar. Creo que es un buen punto de partida si quieres pasar más tiempo con Raff. Esta vez sin dominante ni sumiso. Solo ustedes dos, tal como son. Sé que lo va a valorar, aunque después de decir todo esto no vuelva a hablarme nunca más.

—En eso tienes toda la razón —gruñe él desde el otro lado de la mesa. Por un segundo siento el impulso de interponerme para que su mirada helada no la asesine.

—Ay, vamos, Raff, por favor. —Ella apoya la mano sobre la de él, pero Raffael la aparta de un tirón—. Has hecho cosas mucho más locas en tu vida que estirar un poco los límites de tu sexualidad, y sigues vivo. Así que ¿por qué no le das una oportunidad a esto? Sé que Sebastian lo quiere. Me lo dijo el lunes antes de que fuéramos a tu departamento. Y sé que tú también lo quieres. De alguna manera. Muy en el fondo.

Probablemente enterrado debajo de todas esas reglas

de mierda a las que se somete.

No se siente correcto decir nada ahora; esto claramente es una conversación entre ellos dos, y tengo que aceptar lo que sea que salga de aquí. Pero cuando Raffael aprieta el vaso con tanta fuerza que temo que lo haga pedazos, el pecho se me encoge un poco por él.

—Yo… no puedo. —Con la mirada clavada en la mesa, esas dos palabras le salen arrancadas de la garganta. Debe costarle horrores siquiera seguir aquí sentado.

—Claro que puedes —lo tranquiliza Tanya con suavidad, como si hablara con un niño al que intenta hacer entrar en razón—. No lo pienses como algo que te vaya a cambiar la vida. Tal vez más como un experimento en un… laboratorio de química. Vas, pruebas cosas, ves si el resultado es algo con lo que puedes trabajar y, si no, te vas y cierras la puerta.

—Sí, claro. Y cuando mezclas cosas que no son compatibles, haces volar todo el lugar —responde con aspereza—. Y de eso no se sale cerrando una puerta sin más, ¿sabes?

Tanto miedo.

Inhalo hondo y me humedezco los labios. Debe doler que tantas emociones nuevas te caigan encima al mismo tiempo. Yo me di cuenta bastante joven de que me gustaban los chicos; no fue una revelación devastadora para mí. Pero a los veintitrés años, después de haberse acostado con mujeres durante la mitad de su vida, esto tiene que ser mucho más difícil de aceptar. Cuando el silencio se instala sobre la mesa, me animo a rozar apenas el dorso de sus dedos con los nudillos. —No voy a hacer volar tu departamento, te lo prometo.

Raffael aparta las manos junto con el vaso, aunque no tan bruscamente como antes cuando Tanya lo tocó. Aun así, aprieta los ojos con fuerza, como si lo único que quisiera fuera esconderse en un lugar muy, muy lejos de esta nueva realidad con la que todavía no sabe cómo lidiar.

Sus fosas nasales se dilatan con respiraciones aceleradas. Supongo que en cualquier momento va a lanzarme una mirada fulminante y mandarme directo al infierno. En cambio, no solo me sorprende a mí, sino también a Tanya, cuando de pronto se levanta de la mesa. Sin decir una sola palabra de despedida, ni a su amiga ni a mí, sale del café y se aleja en dirección a su departamento.

Dejo caer la frente sobre los brazos cruzados y murmuro contra la superficie de madera de la mesa: —Fantástico.

A mi lado, Tanya suspira. Si no le estuviera bloqueando la salida del reservado, imagino que ahora mismo saldría corriendo detrás de Raffael. —Por favor, no te rindas todavía —me ruega en voz baja. No estoy del todo seguro de a qué se refiere exactamente. ¿A rendirme con la idea de ayudar a Raffael a entrar en un mundo donde es posible que a un chico le guste otro chico? ¿O a rendirme en el intento de acercarme a él? Porque ella sabe que quiero ambas cosas.

La última vez que estuvimos sentados aquí tuvimos una conversación larguísima y muy agradable sobre Raffael, y entonces le confesé que hacía tiempo que no me sentía atraído por alguien con la intensidad con la que me atrae Raff. Desde el primer instante en que lo vi. Tal vez sea porque toda nuestra historia empezó un poco al revés, con un beso realmente bueno, uno que no pude sacarme de la cabeza durante días. Pero hay algo en él que me hace querer estar a su lado más de lo que probablemente debería. Su presencia entera. Sobre todo esos muros ásperos. Quiero derribarlos y descubrir qué hay detrás. Porque estoy seguro de que lo que se esconde ahí es increíble. Pero…

—El titanio islandés no se rompe fácil —me quejo.

Tanya se ríe por lo bajo. —Si quieres llegar a él, este es el mejor momento posible. —Me quita la gorra de la cabeza y yo ladeo el rostro, apoyando la mejilla en los brazos para mirarla—. Sé que va a pasarse las próximas horas caminando de un lado a otro por su departamento, como un tigre enjaulado. Le sacudiste el mundo de su eje. Ahora haz algo con eso. No le des tiempo para volver a levantar sus muros. —Deja la gorra sobre la mesa con el logo de Nike frente a mí. Leo las diminutas palabras que hay debajo.

Hazlo.

—Mañana será demasiado tarde —dice en voz suave. Luego se termina ruidosamente el resto de su frappuccino de caramelo con el popote y se relame los labios con un chasquido exagerado.

Supongo que ese fue el final de su discurso. Y me dejó mucho en qué pensar. Después de vaciar mi propia taza, me pongo la gorra otra vez y salgo del reservado. Los papeles enrollados del auto van a parar a mi bolsillo trasero.

Salimos juntos de Starbucks. —¿Quieres que te lleve a casa? Mi auto está estacionado a un par de cuadras de aquí —le ofrezco cuando ya estamos afuera.

El cabello largo y negro de Tanya se agita cuando niega con la cabeza, y me regala una sonrisa sincera. —No, gracias. Me encanta andar en camión. Y tú ahora tienes otras cosas que hacer.

Asiento, agradecido una vez más por su ayuda con Raffael, y me dirijo en sentido contrario al suyo. Sin embargo, después de unos pasos me detengo y me vuelvo hacia ella. —¡Tanya! —Cuando se da la vuelta, casi en la esquina de la calle, le pregunto—: ¿Qué hacen tú y Felix cuando quieren sacarlo un poco más de su zona de confort?

Con los ojos entrecerrados de forma pensativa, Tanya se toma un segundo para considerarlo. Luego alza la vista y se encoge de hombros. —Fácil. —Sus labios se abren en una sonrisa amplia—. Lo retamos.

Me saluda con la mano y se apura hacia la parada del camión. Yo también echo a andar, en busca del Honda.

¿Retarlo…?

La idea me da vueltas en la cabeza durante todo el trayecto de dos cuadras. Fue un reto lo que metió en problemas al trasero lindo de Raffael en primer lugar, y yo lo salvé esa noche con un beso. Pero ¿cómo encaja eso con su necesidad de tener siempre todo bajo control? ¿Con vivir según reglas tan estrictas? ¿Por qué se metería en situaciones tan precarias si van tan en contra de sus principios?

No encuentro la respuesta.

A tres metros del Honda, desbloqueo las puertas y me deslizo detrás del volante, arrojando los papeles del auto sobre el asiento del copiloto. El arnés del cinturón me presiona la espalda. No quiero ponérmelo ahora. Tampoco quiero encender el motor, porque no quiero irme a casa. Pero ¿qué otra opción tengo? No sería buena idea volver a Brook's Mew y llamar a Raffael para que baje de su departamento a hablar. Hace media hora dejó bastante claro que no está dispuesto a hacerlo.

Tanya, en cambio, dijo que no debería esperar hasta mañana. Y ella lo conoce mucho mejor que yo.

Agarro el volante y me golpeo la frente contra él. Joder. Si ahora mismo no estoy atrapado entre la espada y la pared, no sé qué lo estaría.

Después de un suspiro largo y profundo, levanto la cabeza y estiro la mano hacia el botón de arranque, pero el dedo se queda suspendido en el aire. Los segundos se alargan. Al final, me dejo caer contra el respaldo, con el motor todavía frío, y me muerdo el labio mientras miro a través del parabrisas. Tal vez quedarme en pausa sea lo único que puedo hacer por ahora.

Saco el celular y abro el hilo de mi último chat de WhatsApp con Islandia. Tras una respiración honda, escribo un mensaje y lo envío.

Yo
Sin ataduras.

Lee el mensaje a los pocos segundos, pero tarda al menos cinco minutos en responder.

Islandia

¿Qué?

Yo

En tu cuarto de juegos. Me gusta la idea de Tanya. Podemos hacerlo distinto, después de todo. Sin ataduras. Sin dominación. Solo hablar, para empezar.

Islandia

Hablamos en el café.

Yo

No, no lo hicimos. Te cerraste. Islandia cerró las fronteras...

Islandia

Dame un minuto para respirar.

Yo

Te lo estoy dando. Entiendo que todavía no estés listo para sentarte con un chico en público.

Islandia

¿Por qué crees eso?

Yo

Porque no dejabas de escanear el lugar, asegurándote de que nadie me viera guiñarte un ojo. O tocarte. O hacer cualquier cosa que pudiera hacerles pensar que tú y yo tenemos algo.

Islandia
Porque no lo tenemos.

Yo
Claro.

Envío el último mensaje y dejo caer la mano con el teléfono, mientras me froto la cara con la otra. Sé que no va a responder si lo dejo así. Y sería una verdadera lástima. Porque incluso este ida y vuelta de mensajes me hace sentir bien. Y apuesto a que a él también.

Así que me hundo un poco más en el asiento, encajo la rodilla levantada contra el volante y le escribo una vez más.

Yo

¿Pero ni siquiera te da curiosidad saber cómo sería?

Islandia
¿Tener un novio?

Yo

Besar a alguien que, por una vez en tu vida, haga arder el hielo que llevas dentro.

La pantalla permanece negra durante tanto tiempo que decido encender el motor y volver a casa después de todo.

Tal vez lo sobreestimé y de verdad todavía no está listo para dar este salto enorme hacia lo desconocido. Qué pena. Olvidar al copito no va a ser fácil después de los momentos tan intensos que hemos compartido desde el viernes por la noche.

Con un suspiro cargado de resignación, me incorporo y me meto en el tráfico. Justo entonces, mi celular emite un pequeño sonido sobre el asiento del copiloto y le lanzo una mirada de reojo. En el siguiente semáforo en rojo, lo tomo y leo la respuesta de Raffael. Una sonrisa me tensa las mejillas.

Islandia

Tal vez. Un poco...

Eso es todo lo que quería oír. En lugar de seguir rumbo a casa, doblo en la esquina de la manzana y regreso a Brook's Mew. Estaciono frente al edificio de Raff justo cuando un Jeep verde oscuro deja libre un lugar delante de la puerta al salir. Apago el motor, agarro mi paquete de cigarrillos y me bajo del auto. Apoyado contra la puerta, prendo un Marlboro y aspiro una bocanada profunda de humo. Mientras la exhalo en un hilo largo, escribo un último mensaje a Raffael, cuidando de no cruzar ninguna línea peligrosa otra vez, como cuando le rocé los dedos en Starbucks.

Yo
¿Puedo subir?

Termino el cigarrillo cuando llega su respuesta.

Islandia
Está bien.

Esta vez dejo la gorra en el auto y me dirijo a la puerta principal del edificio, que se abre con un simple empujón. La última vez que vine con Tanya usamos el ascensor principal, el que se detiene frente a los departamentos y no está protegido por códigos personales. El trayecto hasta el noveno piso es corto y, cuando las puertas se abren, la entrada del departamento 37, al final del pasillo, ya está entreabierta.

Está bien…

Me paso una mano por el cabello revuelto y entro en silencio, sin tocar.

CAPÍTULO 10

Raffael

Al escuchar que alguien cierra la puerta, alzo la mirada. Sebastian. Está de pie en la entrada de la sala, con las manos metidas en los bolsillos de sus jeans azules rotos, el cabello revuelto, las mangas de la camisa negra arremangadas hasta los codos. Sus ojos castaños, profundos, están clavados en mí. Al cruzar su mirada, una lluvia de escalofríos llenos de estrellas me recorre el cuerpo.

Sigo sentado en el mismo lugar que ocupaba hace media hora, cuando nos mandábamos mensajes sin parar. Mensajes intimidantes. Emocionantes.

Peligrosos. Desataron dentro de mí toda clase de sensaciones. Sensaciones equivocadas. Un anhelo por algo en lo que ni siquiera debería estar pensando.

Pero es tan difícil no pensar en besos prohibidos cuando este tipo encuentra siempre las palabras exactas para provocarme. Me hace querer ser alguien que no quiero ser. ¿Cómo se supone que esto funcione?

Sigue ahí, plantado justo sobre el único escalón que baja a la sala hundida, mirándome. Como si estuviera esperando una invitación. O… no sé. ¿Que me levante y lo guíe escaleras arriba hasta el cuarto de juegos?

La lengua se me pega al paladar. Me cuesta encontrar la voz. Bajo la mirada un instante hacia mis rodillas dobladas, con los pies apoyados en la mesa de centro. Pero como si una parte de mí temiera que de pronto se acerque, o que vuelva a irse, mis ojos regresan a él. Me toma una eternidad sacar un diminuto y ronco: —Hola.

Da un paso hacia abajo y queda a mi nivel. Me estremezco sin querer. Se detiene de inmediato. Luego baja despacio y se sienta en el escalón, de unos quince centímetros. Apoya los antebrazos en las rodillas recogidas, entrelaza los dedos con naturalidad y sigue mirándome. Estoy seguro de que no sería tan… cuidadoso si ya estuviéramos arriba.

Despacio, retiro los pies de la mesa, uno por uno.

Al ponerme de pie desde el sillón, el corazón se me acelera. Necesito regular la respiración o no voy a poder decir una sola palabra en toda la noche. Rodeo la mesa de centro, sin apartar la vista de él, y cruzo la sala. Con casi un metro de distancia entre nosotros, paso a su lado en el desnivel del piso y me dirijo a la cocina. Él gira la cabeza para seguirme.

—¿Quieres algo de tomar? —pregunto en voz baja.

—No, gracias —responde, igual de tranquilo.

Del estante superior del refrigerador saco una lata verde de Sprite y cierro la puerta con cuidado. Debería volver al sillón, pero no lo hago. De hecho, no soy capaz de pasar otra vez junto a Sebastian, así que me detengo a un par de pasos detrás de él. Parece estar mirando por la ventana, pero cuando oye el siseo al destapar la lata, vuelve a girar la cabeza y apoya la mejilla contra su hombro izquierdo.

Que esté aquí se siente como la invasión definitiva de mi departamento. De mi mundo.

No puede ver más que, quizá, mi sombra proyectada en el piso. Mientras bebo, mantengo la mirada fija en su espalda, en su cuello bronceado y en el caos negro de su cabello. Estar de pie detrás de él, un poco más alto, me ayuda a recuperar cierta sensación de equilibrio. Por dentro y por fuera.

Doy dos pasos lentos más hacia Sebastian, todavía a

su espalda, aunque ligeramente de lado. Mis piernas seguramente ya han entrado en su campo de visión. No se mueve. Ni un centímetro. Mi corazón tiene tiempo de acomodarse en un ritmo apenas más rápido de lo normal.

Me quedo ahí otro minuto entero y luego regreso al sillón. La mirada de Sebastian me sigue una vez más. Esta vez me siento un poco más cerca de la entrada de la sala y dejo la lata sobre la mesa, junto al bloc y el bolígrafo que siempre están ahí para anotar contraseñas de juegos y perfiles.

Volvemos a cruzar miradas. Los minutos pasan. No sé por qué él no ha dicho nada. Ni por qué yo tampoco. Pero cuanto más se estira el silencio entre nosotros y cuanto más tiempo permanece sentado ahí, inmóvil, dejándome simplemente observarlo, más logro relajarme otra vez dentro de mi propio departamento. Es casi como si estuviera intentando darme tiempo para acostumbrarme a su cercanía, quedándose quieto, como un objeto más dentro de mi mundo.

Vuelvo a tomar la Sprite y la llevo a los labios. Con la mirada baja, pregunto contra el borde de la lata: —¿Quieres jugar a unos videojuegos?

Las comisuras de sus labios se elevan apenas, y me dan ganas de abofetearme por encontrarlo atractivo.

Ni siquiera sé por qué sonríe ahora. ¿Porque por fin le estoy hablando o porque la propuesta le parece una locura?

—Claro —dice, y suena sincero, como si la idea de verdad le gustara—. ¿Tienes Need for Speed?

Asiento.

Entonces Sebastian frunce el ceño, dudando. —¿Eres bueno?

¿En serio? En respuesta, alzo una ceja. —Juego desde que pude sostener un control.

Sebastian se pone de pie desde el escalón, riéndose. —Bueno, eso me da dos años más de experiencia que a ti. No tienes ninguna oportunidad, Islandia.

Con una pequeña sonrisa, dejo la lata sobre la mesa y saco dos controles del estante bajo la cubierta de vidrio. Le tiendo uno. Se acerca y lo toma. —¿Vas a saltar por la ventana si me siento demasiado cerca? —me provoca, y noto cómo sus dedos rozan los míos. No parece hacerlo a propósito. Aun así, se siente bien.

—Probablemente —admito, aliviado de que suene solo un treinta por ciento sincero; el resto es pura broma, siguiendo su juego.

Sebastian evita plantarse justo a mi lado y, en cambio, se deja caer en la sección contigua del sillón. Eso, sin embargo, lo coloca en la mejor posición para jugar, porque queda de frente a la enorme pantalla plana, mientras que yo tengo que mirarla un poco de costado. Maldición.

Nos conectamos en línea, iniciamos sesión con nuestras cuentas de jugador y luego nos reímos al notar que ambos hemos reconstruido nuestros propios autos para correr. Ahora hay un Honda blanco completamente tuneado junto a un Corvette gris carbón, esperando a que las luces verdes parpadeen y la carrera comience.

Damos unas cuantas vueltas de entrenamiento, midiéndonos en la calle. Sebastian es bueno. Definitivamente tan bueno como yo. ¿Mejor? Lo dudo. Durante dos vueltas voy al frente y él viene tan pegado detrás de mí que podría aspirar mis gases de escape. —¿Qué pasa? —me burlo, con todo perfectamente bajo control—. ¿No hay suficiente potencia bajo el capó para adelantarme?

—Claro que sí, copito —responde, arrastrando las palabras, con una sonrisa en la voz—. Solo estoy disfrutando la linda vista de tu trasero espectacular. Siempre me cojo desde atrás.

Con los ojos abiertos de par en par, giro la cabeza de golpe hacia él. Estrello el auto contra la pared de una casa. Sebastian se ríe mientras toma la delantera y cruza la meta diez segundos después.

Me guiña un ojo y su risa se reduce a una sonrisa

magnética. Mientras reinicio otra vuelta de entrenamiento, se inclina hacia adelante, toma mi Sprite y le da un sorbo. Cuando ambos autos vuelven a esperar en la línea de salida y la cuenta regresiva parpadea en la pantalla, deja la lata exactamente en el mismo lugar y se recuesta otra vez en el sillón para correr conmigo de nuevo.

Los dos damos lo mejor de nosotros, y de verdad es imposible decir quién es el mejor jugador. Es agradable hacer esto por una vez, reírme con él, estar en la misma habitación y no entrar en pánico cada vez que se mueve aunque sea un poco. Empiezo a disfrutar de verdad la noche, y también de compartir mi bebida. Al apoyar los labios justo en el punto de la lata donde estuvo su boca hace apenas unos minutos, me asaltan todo tipo de recuerdos. De besos, de caricias, de él diciendo en voz baja: "Me encantaría volver a verte…"

Después de media hora de simple entrenamiento en distintas pistas, vuelvo a tomar la Sprite y Sebastian me pregunta: —¿Listo para una carrera de verdad?

La lata está liviana y la sacudo. Vacía. Maldición. —Claro. Me levanto del sillón y dejo el control sobre la mesa. Como los pies de Sebastian están apoyados en la mesa de centro y sus piernas me bloquean el paso, tengo que pasar por encima para poder seguir. Por un momento, me deja en una posición muy incómoda. La sonrisa insinuante de Sebastian no ayuda cuando nuestras miradas quedan atrapadas la una en la otra. Me aclaro la garganta y continúo—. Elige la pista que quieras.

Suena una serie de pitidos electrónicos mientras navega por el menú buscando una pista que le apetezca y luego configura dos jugadores. Mientras tanto, voy al refrigerador y saco dos latas de Sprite. Con una en cada mano, me quedo rígido mirándolas un segundo. Después, una vuelve al refrigerador y cierro la puerta de una patada.

De regreso en la sala, destapo la Sprite, la dejo sobre la mesa, vuelvo a tomar el control y me siento justo al lado de Sebastian. No quiero tener que pasar por encima de sus piernas otra vez. Además, este es el mejor lugar para jugar.

No se me escapa la leve inclinación de su cabeza hacia mí. Su pequeña sonrisa ladeada lo hace ver precioso. Le respondo con una sonrisa contenida y luego vuelvo la vista al frente, donde el juego nos espera. —¿Listo? —exijo.

—Nací listo. —Sebastian quita la pausa y arranca la cuenta regresiva. Los motores de ambos autos rugen, ansiosos por salir disparados cuando el enorme GO blanco por fin parpadea en la pantalla.

Como antes, es una carrera cabeza a cabeza, solo

que Sebastian ya no se divierte provocándome con comentarios sobre mi trasero. Nuestros autos vuelan por la calle, toman curvas a velocidades absurdas, derrapan y vuelven a acelerar. Vamos por la mitad del circuito cuando Sebastian anuncia sin previo aviso: —El ganador se lleva un deseo.

No hay tiempo de mirarlo o corro el riesgo de volver a estrellar el auto por la sorpresa, pero al instante un cosquilleo inquieto me recorre la nuca. No porque no quiera un premio gratis si gano. Es solo que dudo que me guste lo que se atreva a pedirme si pierdo. Ni siquiera puedo protestar y, por el tono de su voz, tampoco me dejaría zafarme. Así que me concentro con todas mis fuerzas y, treinta segundos después, el Corvette cruza la meta a toda velocidad. De hecho, completo la vuelta marcando mi propio récord personal.

Solo que sigue siendo trece centésimas de segundo más lento que Sebastian. —¡Mierda!

Levanta los brazos en el aire, todavía con el control en las manos, y celebra: —¡Ganador! Sí, es exactamente el tipo de persona que disfruta echar sal en la herida.

Haciendo pucheros, dejo caer las manos en el regazo y fulmino con la mirada la pantalla que lanza fuegos artificiales para el Honda blanco. Siempre he sido un mal perdedor. Con total despreocupación, Sebastian apoya la mano en mi muslo. —No te pongas triste, copito. No se puede ganar todo el tiempo. —Luego toma la Sprite y le da un trago.

Sigo sentado rígido a su lado, mirando el lugar donde estuvo su mano cálida apenas un segundo antes. De pronto, mi corazón se acelera como si intentara ganar la carrera por su cuenta.

Es tan extraño que sus caricias siempre despierten en mí dos sensaciones completamente distintas.

Pánico absoluto.

Y una emoción intensa por volver a intentarlo.

—Entonces, ¿cuál es tu deseo? —le exijo, girándome hacia él con una sonrisa cínica—. ¿Pizza para cenar?

—No exactamente. —Riéndose, se recuesta y luego me observa durante lo que se siente como una eternidad. Sus labios conservan una sonrisa apenas perceptible, pero el verdadero calor viene de sus ojos. No tengo idea de cómo lo logra, pero no puedo apartar la mirada.

Está tan cerca que a cualquiera de los dos le bastaría mover un poco el brazo para tocar al otro. Y cuanto más tiempo nos quedamos mirándonos a los ojos, más crece dentro de mí el impulso de hacerlo.

—¡Joder, Sebastian, di qué quieres o me voy a morir

aquí!

Pasa otro momento. Disfruta provocándome. —¿Nervioso?

¡Ni se imagina cuánto!

—No. —Me esfuerzo por recuperar la compostura. Una respiración lenta ayuda—. Porque no voy a tocarte. Ni voy a dejar que me toques. Eso es cosa del cuarto de juegos, no del resto de mi departamento.

—¿Y ese es tu mayor miedo? —De verdad quiere saberlo; esta vez su tono está libre de burla—. ¿Los toques?

—¿Ahora mismo? Sí. —Me levanto y voy a la cocina por una botella de agua. Ya tuve suficiente de cosas dulces por hoy—. Así que pide un deseo y luego juguemos otra vez.

Él me espera en silencio en el sillón, siguiendo mis pasos con la mirada. Cuando volvemos a sentarnos uno al lado del otro, su boca se curva en una pequeña sonrisa ladeada. —Está bien. Entonces quiero que hagas algo.

Mientras da el último sorbo a la Sprite, alzo las cejas, interrogándolo. Con la lata vacía apoyada en el regazo, dice, arrastrando las palabras: —Te reto a decirle a alguien que estás considerando la idea de salir conmigo.

Me río. —Sí, claro, muérdeme.

—Luego —promete, con una mirada cargada de intención.

De inmediato, la piel se me eriza por completo. Trago saliva y él simplemente sonríe.

—Adelante, entonces —me incita—. Podemos conocer a tus vecinos o bajar y hacer que se lo digas a algún desconocido en la calle. Tú eliges.

—No puedes hablar en serio.

Excepto que sí.

Uf. Me muerdo el labio inferior y lo pienso. —¿A cualquiera en el mundo?

—A cualquiera que esté vivo y respirando. Y no puede ser Tanya —aclara, y luego se burla—. Si quieres, puedes llamar a tus padres.

¡Como si lo hiciera! Pero la mención de una llamada telefónica me da una idea. —Está bien. Reto aceptado —digo, encontrándome con su mirada cargada de cinismo—. ¿Sabes jugar Fortnite?

Con las cejas arqueadas con escepticismo, asiente. Le devuelvo el control, tomo el mío otra vez y entro al juego. Creamos rápido una cuenta nueva para Sebastian y luego lo presento a mi equipo. O, mejor dicho, a la parte del equipo que está en línea ahora mismo, que son dos. Carol, con una foto de perfil de Sailor Moon, y Tom, que usa una imagen suya con la cara medio oculta bajo una gorra de los Yankees.

Para esas veces en que Felix está aquí y jugamos cualquier cosa juntos, siempre hay un segundo headset en el estante. Me coloco el mío, le paso el otro a Sebastian, activo el micrófono y saludo: —¡Hola, chicos!

Carol vitorea en cuanto nota que me conecto, y Thomas deja escapar un profundo —Hola— con su acento escocés marcado y grave.

—Esta noche tengo a un amigo en casa al que le encantaría entrar como jugador invitado en nuestro equipo. ¿Les parece bien?

Sebastian activa su headset y empieza a reírse. Obviamente ya entendió exactamente cómo pienso cumplir su reto. Después de que ambos le dan la bienvenida a nuestro pequeño grupo, Carol dispara sin rodeos: —Sebastian, ¿puedes hacerme un enorme favor, por favor? ¡Cuéntanos cómo es Raffael!

Ni siquiera intento reprimir una risita porque sabía que esto iba a pasar. Lleva más de medio año insistiendo para que le dé una descripción mía. En mi perfil solo hay una foto del Corvette al atardecer y, la verdad, he disfrutado bastante molestarla con eso.

—Bueno, Carol, creo que Raff te encantaría. Es un islandés guapísimo —dice, y se gira hacia mí con una sonrisa boba—. Parece un auténtico copo de nieve. Frágil y alto, muy nórdico y rubio... con una sonrisa para morirse.

Aunque alzo un poco la ceja ante su descripción, no puedo evitar que a mí también se me escape una pequeña sonrisa. Nace del calor que despiertan sus palabras dentro de mí. Sin dejar de sostenerle la mirada, un instante después hablo al micrófono. —Por cierto… estoy considerando la idea de salir con Sebastian. Y sí, me obligó a decirlo porque perdí una carrera y ahora está intentando convencerme de que en realidad me interesan los chicos.

Las risitas de mis amigos llegan a través de los audífonos. También escucho la risa de Sebastian en sonido envolvente Dolby, por dentro y por fuera.

—¿Y lo estás? —pregunta Thomas con ligereza, en un tono sin juicio que agradezco.

—¿Qué cosa, gay?

—Sí.

—No estoy del todo seguro de eso —respondo con un sarcasmo que claramente significa no.

—No importa —interviene Sebastian, ya concentrado en el juego ahora que hemos empezado—. Yo lo ayudaré a descubrirlo.

Carol se ríe en su micrófono. Prefiero no imaginar qué tipo de escenas acaba de formarse en la cabeza con ese comentario.

Salimos juntos a cazar zombis y hacemos volar uno

de sus campamentos. Pero más de esos chupacerebros nos emboscan y, de pronto, quedamos acorralados en el bosque, cerca del fuerte. Maldición, necesitamos a Leo y a George. No parece que vayamos a salir vivos de esta.

—Islandia, tenemos un problema —dice Sebastian con total seriedad, y me hace reír.

Entonces suena su teléfono y, después de sacarlo para comprobar rápido quién llama, se aparta un poco el headset. —Perdón, gente, tengo que atender esto. —Pone la llamada en altavoz entre nosotros para tener las manos libres y seguir jugando—. Hola, Claudia, ¿qué pasa?

En la pantalla aparece la foto de una mujer de poco más de treinta años, de cabello negro y los mismos ojos que él. Sostiene en brazos a una niña pequeña. Ambas sonríen; la nena tiene una paleta en la boca.

—Hola, Bash. ¿Tienes un minuto? Michelle ha estado hablando de ti todo el día. Dudo que logre dormirla si no le dices buenas noches.

—Claro. Sube el volumen. —Espera un segundo, concentrado en la pantalla, todavía intentando sacarnos del apuro con los zombis, y luego continúa—. Hola, muñequita. ¿Cómo estás?

Al instante, del altavoz brota un sorprendido y alegre —Maaah— alrededor de una paleta. Me hace sonreír sin darme cuenta.

—¿No quieres irte a dormir?

—Bash… ¿vienes?

—Esta noche no, muñequita, pero pronto. Te lo prometo. —Mientras le habla con un cariño evidente, acepta sin problema que acabamos de perder la batalla en la pantalla. El idiota deja que su avatar caiga de rodillas y se deslice hasta el mío, hasta que su cara termina justo en la entrepierna de mi avatar. Carol y Tom estallan en carcajadas, algo que solo yo escucho porque Sebastian no lleva puesto el headset.

Imperturbable ante el codazo que le doy en el bíceps, sonríe y sigue hablando con la niña—. ¿Vas a cantar conmigo otra vez cuando vaya?

—Winko, winko, eebie shar… —las palabras salen ininteligibles, pero la melodía deja claro que en realidad le está cantando Twinkle, Twinkle a Sebastian.

—No, esa no. —Se ríe—. Ya sabes cuál.

No sé en qué concentrarme: en el juego o en Sebastian, que está teniendo la conversación más adorable del mundo con alguien que supongo que es su sobrina. La misma para la que me dijo que quería atrapar un unicornio. Como ya estamos muertos, decido concentrarme en Sebastian.

—Cantaremos nuestra canción genial juntos

cuando vaya a verte, ¿sí?

—¿Vizzi ahora? —pregunta ella, y el anhelo en esas dos palabras es inconfundible. Tiene que ser un tío increíble para que lo quiera así.

—No, ahora no. Tengo que trabajar este fin de semana, muñequita. Pero pronto.

—Bash… ¿dónde? —Su voz se apaga poco a poco y enseguida se oye la risa de su madre.

—Oh, no. Ahora te está buscando en la puerta —se queja Claudia, completamente derretida.

—Nooo… —Sebastian frunce la nariz con una sonrisa partida—. ¡Devuélvemela al teléfono! ¡Todavía no me dio mi beso!

—En serio, Raffael —murmura Carol de pronto en mi oído—. Si todavía no te decides con lo de ser gay, deberías darle una oportunidad a este tipo. Es adooorable.

Sí, lo entiendo. A mí también se me está derritiendo un poco el corazón. Me alegra que Sebastian no haya escuchado eso; seguro no me dejaría olvidarlo jamás.

Se oye un pequeño forcejeo al otro lado de la línea mientras Claudia aparentemente persigue a la niña y luego le pide que le mande un beso a su tío Bash. Suena un beso exageradamente húmedo que casi me arranca un suspiro, al mismo tiempo que a Carol. Sebastian le devuelve uno y entonces Claudia vuelve a hablar—. No la hagas esperar demasiado. Te extraña muchísimo.

—Yo también las extraño. A las dos. —Sebastian se quita el altavoz y se lleva el teléfono a la oreja—. Te llamo mañana desde el trabajo, apenas sepa cuándo tengo unos días libres… Abraza a la bebé… Sí, chao. —Baja el teléfono, corta la llamada y se lo guarda en el bolsillo. Luego vuelve a ponerse el headset y se disculpa por la interrupción.

Carol no pierde ni un segundo—. ¡Bash! ¿Puedo tener un bebé contigo?

Tom y yo estallamos en carcajadas, mientras Sebastian solo ronronea con descaro en el micrófono. Coquetean sin pudor durante casi un minuto, hasta que los interrumpo con una sonrisa—. Mejor paremos esto antes de que el juego se convierta en una línea caliente de citas.

—¿Celoso? —me dice Sebastian sin emitir sonido, con un fuego burlón en los ojos.

Yo le respondo igual de mudo—. Nooo. —Luego nos despedimos de los demás y apago la PS4.

Recién entonces caigo en lo rápido que ha pasado el tiempo. Ya pasaron las nueve; Sebastian lleva aquí casi tres horas. El sol se ha ocultado detrás de los techos de la ciudad y, sin ninguna luz encendida en el departamento, todo queda sumido en una penumbra suave.

Guardamos los headsets y los controles en el estante bajo la cubierta de vidrio de la mesa de centro, y considero levantarme para encender la lámpara de lectura del otro lado del sillón. El problema es que me resulta casi imposible moverme cuando Sebastian me atrapa con la mirada de una forma que me hace arder la piel. Todo en silencio. Intenso.

Después de lo que se siente como una eternidad, me pregunta en voz baja—. ¿Puedo pedir otro deseo?

—¿Otro reto? —susurro, con la voz áspera.

—Algo así. —Inclina apenas la cabeza—. Pero esta vez puedes decir que no. No voy a presionarte.

Trago saliva. —¿Qué quieres?

Y entonces dice… —Tócame.

CAPÍTULO 11

Raffael

—¿Dónde?

La palabra apenas se me escapa en un susurro. Sebastian y yo estamos sentados en la penumbra del atardecer en mi sala, y de pronto soy demasiado consciente de su aroma a almizcle y a piel tibia de sol. A solo un par de metros, sus piernas largas se estiran entre el sofá y la mesa de centro; la mano izquierda descansa sobre su abdomen y el otro brazo reposa en el cojín junto a su cadera.

Quiere que lo toque. Y, por una vez, dentro de mí nace una necesidad honda de empujar mis propios límites y simplemente alargar la mano.

—Donde quieras —responde. Su voz me envuelve en la semioscuridad como una lazada de caricias—. Está bien si solo quieres tocarme el cabello.

Mi mirada se desliza sola hasta su frente, donde algunos mechones desordenados casi rozan sus cejas. Una curiosidad extraña me toma por completo. ¿Cómo se sentirá? ¿Suave? ¿Espeso? Si me inclino ahora, ¿olerá también a días tibios de verano? El corazón me arma un motín en el pecho porque tengo demasiado miedo de averiguarlo.

Recojo los pies sobre el asiento y me giro un poco más hacia él. En sus ojos castaños se queda atrapada la última luz del día, y sus labios carnosos descansan en una sonrisa fácil, apenas insinuada. La sombra de barba le marca el rostro; esa barba incipiente, tan oscura como su cabello, le da un aire peligroso.

Yo nunca dejo crecer la mía. Me sale rala y tan clara que parecería pelusa. En cuanto aparece el primer rastro, cada tres o cuatro días, me afeito al ras.

Me pican los dedos por acariciar la barba negra de Sebastian, pero su rostro es un territorio demasiado peligroso para iniciar mi primer contacto. Los dos botones superiores de su camisa negra están abiertos y dejan ver los tatuajes maoríes que suben desde su muñeca derecha para abrazarle el hombro y el pecho.

El antebrazo izquierdo no tiene ninguno. Solo lleva ese brazalete de cuero negro, sencillo y hermoso, donde la mayoría usaría un reloj. Él no. Su reloj va en la muñeca derecha y parece una costura que continúa los tatuajes, detenidos justo antes de su mano.

Me concentro en respirar, estiro la mano y dejo los dedos suspendidos apenas por encima de las líneas de tinta negra en su antebrazo. Yacen entre nosotros como una serpiente peligrosa de tentación que ahora tengo permiso de explorar. Para una última y breve comprobación, levanto la vista hacia su rostro. Su atención está fija en mi mano; un parpadeo después, sus ojos encuentran los míos y trago saliva. Por un instante fugaz, las comisuras de su boca se elevan en una sonrisa alentadora antes de relajarse de nuevo.

Muy despacio, bajo la mano y empiezo a seguir uno de los tatuajes maoríes. Avanza por su piel en un patrón en zigzag. Deslizo el dedo a lo largo de la línea hasta el centro del interior de su antebrazo, sintiendo el calor de su piel. El corazón me late desbocado. Donde termina ese tatuaje, comienza otro que parece una fila de rombos superpuestos. Seguir sus contornos me da tiempo para avanzar con cautela hacia arriba, hasta donde empieza la manga arremangada de su camisa. Es una barrera que me impide ir más allá. Me muerdo el interior de la mejilla.

Como si adivinara que necesito un camino, Sebastian lleva la mano a la manga y la empuja hacia arriba, por encima del bíceps. Se me seca la garganta. Ahí hay un doble rastro de espirales cuadradas que recorro una a una. Su brazo es fuerte y deja ver el poder que habita en cada centímetro. Me toma una eternidad subir un poco más, hasta que la tela negra vuelve a detenerme. Desde ahí, es apenas un pequeño salto hasta la tinta oscura que asoma en su clavícula, bajo la camisa.

—¿Por qué sigues esas líneas? —pregunta con voz baja y ronca.

Pasa un momento mientras lo pienso.

—Me resultan calmantes.

—A la mayoría de la gente les parecen irritantes. Demasiado caos en un solo lugar.

Vuelvo a clavar la mirada en sus ojos y dejo los dedos inmóviles.

—No. Hay un orden hermoso en este caos.

Respiro poco profundo, pero despacio.

Su mirada tranquila me dice que puedo seguir, y también hay una promesa ahí. Una que garantiza que no me obligará a contarle a nadie que lo he tocado y que quizá lo disfrute mucho más de lo que quiero admitir.

Con cautela, levanto la mano y apoyo la punta del

índice en la curva más externa de los tatuajes de su pecho. Hay tinta suficiente para recorrer dentro del espacio que dejan abiertos los dos botones superiores. Mientras deslizo los dedos por toda la zona alrededor del cuello de la camisa, el silencio de la habitación me presiona los oídos. ¡Jesucristo! ¿Qué estoy haciendo?

Sebastian me observa todo el tiempo. Siento su mirada fija en mi rostro mientras yo me concentro en los tatuajes maoríes. Juro que sabe lo que voy a hacer incluso antes de que yo mismo lo tenga claro, porque posa su mano sobre la mía justo en el instante en que pienso en retirarla.

Un estremecimiento de sorpresa me recorre y contengo el aliento. Su palma es un poco áspera, pero el contacto es suave. Maldita sea, se me seca la garganta. Dejo que guíe mis dedos hacia abajo y entonces siento cómo desabrocha el tercer botón de su camisa con nuestras dos manos, los dedos casi entrelazados. Cuando afloja otro botón más, deja mi mano sobre el tatuaje que cubre solo una parte de su pecho y termina cerca de la curva de su pectoral. Abre el resto de los botones y la tela negra y fina de la camisa se desliza hacia los lados de su torso, dejando al descubierto un abdomen duro y plano.

Ahí su piel es lisa, perfecta y sin tinta. Mis dedos se detienen justo en el límite de los tatuajes. No puedo seguir. Simplemente no puedo.

Cuando Sebastian se inclina de pronto hacia adelante, retiro la mano de golpe. Estirando el brazo, toma la pluma azul que está sobre mi cuaderno en la mesa y luego vuelve a reclinarse en su postura anterior, medio recostado. Con gesto decidido, mira su propio cuerpo y empieza a dibujar una línea en zigzag sobre la piel, justo debajo del esternón.

Frunzo el ceño al instante. —¿Qué estás haciendo?

Sebastian sonríe de lado, sin mirarme. —Trazándote un mapa para que sepas por dónde seguir.

¿Qué carajos?

Me cubro el rostro con las manos y me río contra las palmas mientras miro al techo entre los dedos abiertos. Luego las bajo y me incorporo, pero Sebastian me agarra la muñeca con rapidez y me arrastra de vuelta al sofá. Giro la cabeza hacia él y me quedo rígido mientras mantiene mi mano atrapada entre las suyas.

—No salgas corriendo —me pide en voz baja, ladeando la cabeza, con las cejas apenas fruncidas.

—No lo estaba. Solo quería… Levantarme y salir disparado a la cocina, meterme dentro del refrigerador y enfriarme. Rápido. Está bien, quizá eso suene un poco a huida, pero de verdad no sé qué estoy haciendo aquí. Joder, Sebastian es un tipo. ¡Un hombre! Y encima condenadamente guapo. Cuando pienso en volver a tocarlo, oleadas rarísimas de adrenalina me recorren el cuerpo tan rápido que siento que no voy a aguantar y que voy a terminar dejándome inconsciente a golpes contra la pared.

—A veces, cuando te pones así —empieza Sebastian, y me dedica una pequeña sonrisa—, me encantaría saber qué te pasa por la cabeza.

Parpadeo, soltándome de mis pensamientos enjaulados, y dejo que su mirada me sostenga un momento. —Refrigerador. Paredes. Inconsciencia… —murmuro, y luego suspiro, cerrando los ojos.

Su risa es algo a lo que podría acostumbrarme en momentos tranquilos como este. Suena reconfortante. Y agradable.

El sofá de cuero cruje cuando Sebastian se incorpora. De pronto, su mano se amolda al costado de mi cuello y a mi mejilla. Entrecierro los ojos y fijo la vista en el agujero de sus jeans azules.

Se inclina hacia adelante, cerca de mi oído, y su boca roza mi piel en un susurro ronco. —Por esta noche, basta de toqueteos. —Se pone de pie y alza las cejas una sola vez, con rapidez, mientras se abotona la camisa. Aprieta los labios cuando me descubre mirándolo—. Cuídate, Raff. —Luego se gira y se dirige a la puerta, cerrándola con suavidad detrás de él.

Me quedo mirando el pomo plateado unos segundos, hasta que por fin se me escapa un gemido. Aprieto los ojos y me dejo caer de costado contra el respaldo del sofá. ¡Maldita sea!

Esto se me está yendo totalmente de las manos. Hombres en mi departamento. Tipos seduciéndome. Bueno, uno… Pero tiene una sonrisa que me desarma por completo. Cada maldita vez. Y no hay nada que pueda hacer para que todo vuelva a estar bien. Para volver a ponerme a mí, y sobre todo a mis sentimientos, en el punto de partida. ¿Hacia dónde va todo esto? ¿A que empiece a pensar en besar a un tipo? ¿A desearlo?

Bueno, felicidades. Ya estamos ahí.

Gruño de frustración, me paso las manos por el pelo y luego subo a darme una ducha. Larga. Helada. El cuerpo se me entumece, pero no sirve de nada para sacar de mi cabeza los pensamientos de mierda que no dejan de dar vueltas. Jesucristo, estoy jodidamente perdido.

Treinta minutos después regreso a la cocina, me preparo un sándwich y me planto frente al televisor. Distracción. Eso es. Lo único que necesito es distraerme. Podría jugar un rato a Fortnite. Pero entonces Carol no haría más que insistir con lo de Sebastian, y eso tampoco ayudaría. En lugar de eso, agarro el control y empiezo a cambiar de canal. En las noticias vuelven a hablar del próximo Desfile del Orgullo Gay, y ahora mismo no tengo ganas de ver nada de eso. Encuentro un thriller que ya vi tres o cuatro veces, pero es lo bastante bueno como para mantenerme ocupado.

Hasta que mi celular pita sobre la mesa de centro.

Durante varios minutos me quedo mirando la luz azul que parpadea a intervalos lentos. Siento todo el tiempo como si mi corazón usara mi lengua de trampolín. ¿Y si es un mensaje de Sebastian?

Pero, si soy honesto conmigo mismo, no es eso lo que de pronto me pone tan nervioso. Es la posibilidad de que no sea él. ¿Y entonces…? ¿Me decepcionaría? Aprieto los labios, cierro los ojos y suspiro, porque…

Creo que sí.

Después de unas cuantas respiraciones profundas, por fin me inclino hacia adelante y agarro el celular. La sonrisa que aparece a continuación hace que me muerda el labio con ganas de autodestruirme. Esto es una locura absoluta. Y aun así… de una forma peligrosa y aterradora, es agradable.

Leo el mensaje de Sebastian un par de veces y luego dejo que los pulgares me tiemblen sobre el teclado mientras escribo una respuesta.

Sebastian

¿Sigues vivo o saltaste del techo después de que me fui?

Yo

Sigo vivo.

Sebastian

Pero el pensamiento apareció…

Me paso la lengua por los labios y me río.

Yo

Ah, sí. Apareció. De hecho, no deja de cruzarme la cabeza de un lado a otro.

Sebastian

:-)

Yo

¿Te parece gracioso?

Sebastian

No. Me parece terriblemente sexy.

Me hundo un poco más en el sofá, pongo el televisor en silencio y doblo las piernas, apoyando los pies en el borde de la mesa de centro, con el celular sostenido contra los muslos.

Yo

¿Que puedas hacer que me tire de los techos?

Sebastian

Que pueda hacerte romper tus propias reglas. Y empujar tus límites.

Yo

¿Y cuáles crees que son mis límites?

Mierda. ¿Cuáles creo yo que son?

Sebastian

¿Ahora mismo? Creo que un beso te resultaría bastante difícil.

Está peligrosamente cerca. Frunzo el ceño frente a la pantalla.

¿Cómo demonios me conoce tan bien? Me lee como si fuera una revista de autos, con demasiadas fotos sexualmente explícitas. Inhalo hondo y atrapo el labio inferior entre los dientes.

Yo

Eso no está en las cartas.

Sebastian

Todavía. ^^ Pero está bien. Iremos despacio.

Yo

¿Despacio? Me hiciste verte cogerte a mi amiga.

Dios, tantos recuerdos me golpean con esa imagen que tengo que apretar los ojos y gemir… porque se me está formando un bulto en los jeans. Sostengo el celular un poco más arriba y lo fulmino con la mirada. ¡Desaparece! ¡No te necesito ahora! Tal vez debería darme otra ducha. En un barril de hielo.

Sebastian

Me habría gustado mucho más que fueras tú debajo de mí y no ella.

No me gusta esa imagen. Pero me gusta que él piense en eso. ¡Argh! ¡Por favor, que alguien me mate! ¡Ahora!

Yo

¿Crees que eso siquiera sea posible?

Sebastian

Todo es posible mientras no vuelvas a activar el modo Islandia conmigo.

Yo

Esto es muy difícil, ¿sabes? Todo. Ya casi no sé qué estoy haciendo.

Sebastian

¿Te tiemblan las manos?

Pregunta rara. Frunzo el ceño y miro mis manos. Luego me río y escribo, empezando con el emoticono que se tapa los ojos de vergüenza.

Yo

Un poco…

Sebastian

¿Raff?

Yo

¿Bash?

Sebastian

¿Saldrías conmigo?

175

¡Joder, no!

Los ojos se me abren de golpe, como palomitas explotando. Suelto un jadeo y me paso los dedos por el pelo. Debe ir por la segunda botella de whisky para siquiera pensar que hay alguna posibilidad. O… ¡Dios!

Yo
Eh…

Sebastian
Vamos, no tengas miedo. No es como una cita romántica. Solo salir a algún lado, hacer cosas juntos.

Debo estar tardando demasiado en responder, porque rompe el ritmo del chat y manda otro mensaje.

Sebastian
Pero también podemos ir al cine y ver Cars si quieres. :P

Sí, puede meterse el emoticono de la lengua afuera bien por el culo. Aun así, me hace pensar y, al rato, inhalo entre los dientes apretados mientras escribo.

Yo
¿Solo ir a algún lado? Como… ¿una fiesta en un club?

Sebastian

Suena como un buen lugar para empezar.

Yo

*Terminó el semestre de verano en la uni. Mañana hay
una pequeña celebración en The Knockout, en Soho.*

Habrá cientos de estudiantes, sobre todo gente que
ni siquiera conozco. Iré con Tanya y Felix. Seguro que
no les molesta si también pasamos un rato con
Sebastian.

Sebastian

Buen club. ¿Quieres que nos veamos allá?

Lo que de verdad quiero es retroceder mi vida dos
semanas y volver a ser quien fui durante veintitrés
malditos años. Pero…

Yo

Sí

Y entonces escribo otro mensaje a toda prisa para
ganarle al siguiente texto, cuando ya veo la hilera de
puntitos indicando que está escribiendo.

Yo

Pero esto no es una cita, ni ir tomados de la mano, ni ninguna mierda de esas. ¿Entendido? Nos vemos ahí, hablamos, pasamos el rato. Eso es todo.

Sebastian

*Jajaja. Tranquilo, copito. No voy a besarte.
En público…*

Jesucristo. Pongo los ojos en blanco y gimo.

Yo

Buenas noches, Bash.

Sebastian

Buenas noches, Islandia

Sebastian

P. D. Hoy tus dedos se sentían increíbles sobre mi piel.

Dejo caer la cabeza hacia atrás, cierro los ojos y siento cómo un calor abrasador me trepa por el cuello.

CAPÍTULO 12

Raffael

El día se me escurre entre los dedos y, por más que intento retener cada hora, la noche cae demasiado rápido. Después de ducharme, saco una polo blanca del clóset donde Rosa dejó la ropa recién lavada esta tarde y me la pongo. El dobladillo cae suelto sobre mis jeans azul claro, ya gastados. Luego entro al baño, me paso las manos por el desastre que tengo en la cabeza y, apoyando las palmas en el lavabo de mármol, me sostengo la mirada en el espejo.

Maldición. No estoy listo para esto.

Me enderezo, entrelazo los dedos detrás del cuello,

dejo caer la cabeza hacia atrás y parpadeo mirando el techo.

Sí, le dije a Sebastian que esto no era una maldita cita ni nada por el estilo, solo nosotros encontrándonos en algún club. Pero no soy idiota. Sé perfectamente cuáles son sus intenciones. Puede que no haya tenido la oportunidad de follarme en el cuarto de juegos a principios de esta semana, pero eso no significa que no lo haya imaginado.

Y yo… yo ya ni siquiera sé qué estoy imaginando. Solo sé que, de pronto, en esos sueños hay una cantidad obscena de tatuajes maoríes.

Apago la luz del baño, bajo las escaleras casi corriendo, me calzo mis Adidas azul oscuro, agarro las llaves del auto y salgo. Tanya y yo habíamos quedado en llegar al club a las diez. Ya son las diez y cuarto. Me va a matar. O se va a reír, porque nunca llego tarde.

Conduzco unas pocas cuadras hasta su departamento, estaciono junto a la banqueta y dejo el motor encendido mientras le mando un mensaje: Baja, calabacita. Te llevo con el bombón de Cenicienta.

Dos minutos después se abre la puerta del auto y Tanya se deja caer en el asiento del copiloto. Está espectacular con unos jeans ajustados y una camiseta gris sencilla todavía más ceñida. Me sonríe de oreja a oreja. —Hola, Cenicienta. —Su coleta negra se desliza sobre un hombro mientras acaricia el tablero con descaro y baja la voz hasta volverla una caricia—. Hola, bombón.

—Ja. Ja. —Mientras se abrocha el cinturón, le agarro el interior del muslo y le doy un pellizco hasta que chilla y me aparta el brazo de un manotazo. Vuelvo a poner la mano en la palanca de cambios, reviso el espejo lateral y me incorporo al tráfico con el Corvette. El Knockout queda cerca, a solo unos minutos.

—Llegas tarde —dice Tanya, pero esas dos palabras llevan un tono inquisitivo que dice mucho más.

—Sí. —No quiero agregar nada. Es humillante.

Pero, por supuesto, no lo deja pasar, por más que yo me concentre en las luces traseras del autobús de dos pisos que tenemos delante. —Nunca llegas tarde.

—Bueno, hoy sí.

—¿Por qué?

—¡Jesús, Tanya! ¿Podemos dejar este tema, por favor? —Evito mirarla, aunque su curiosidad me taladra el cráneo. Además, ella ya sabe la respuesta. Esta mañana no me dejó colgar el teléfono durante más de una hora cuando oyó que Sebastian tal vez vendría a nuestra fiesta de fin de año. No hasta sacarme hasta el último detalle de mi tiempo con él en el sofá.

—No seas tan negativo —me regaña y vuelve a mirar al frente durante un par de segundos. Luego gira otra vez hacia mí y una sonrisa luminosa se le cuela en la voz—. Es tierno que te hayas tardado tanto en arreglarte para ver a Sebastian. Y a él también le va a encantar. ¡Te ves hot! Te lo he dicho mil veces, deberías usar polos más seguido.

—No me tardé tanto en ponerme bonito por él —gruño, lanzándole una mirada torcida y maliciosa que normalmente promete algún castigo más tarde—. Estaba buscando formas de escapar.

—Sí, claro. Eso dices. Pero apuesto a que tu corazón da volteretas dobles cada vez que piensas en él.

Aprieto los labios, le lanzo una mirada rápida y vuelvo al frente, porque dio justo en el clavo.

¡Mierda! Mi vida es un desastre últimamente.

Felix todavía no sabe nada de nuestro invitado extra. Me pregunto si voy a poder convencerlo de que fue pura casualidad cuando aparezca Sebastian. Probablemente no.

Avanzo despacio por la calle donde está el club, recorriendo el lugar con la mirada en busca de un espacio para estacionar, cuando de pronto Tanya me toca el brazo. Casi doy un salto. No sé por qué; quizá porque nunca lo hace cuando estoy manejando. O tal vez porque esta noche estoy demasiado alterado.

Su mirada intensa deja claro que lo que va a decir no necesita respuesta. Así que me quedo en silencio mientras habla. —Me alegra que por fin haya salido, Raff, eso especial que llevas dentro. Al menos ahora sé que nunca tuvo nada que ver conmigo. —Se encoge de hombros y su sonrisa es honesta y cálida—. Simplemente no te gustan las chicas como se supone que deberían gustarte.

Aprieto los dientes, sigo buscando dónde estacionar y finalmente meto el auto en reversa en un espacio a la vuelta de la esquina. Apago el motor y Tanya se desabrocha el cinturón, lista para bajarse. Yo hago lo mismo, pero entonces agarro el volante y apoyo la mejilla sobre las manos durante un segundo. —¿Tanya?

Ella se gira, con los dedos todavía en la manija de la puerta. Los suelta, deja caer las manos en el regazo y me mira. Sé lo perdido que debo parecer. Suelto un suspiro profundo y cierro los ojos un instante. —¿Cómo puede ser que durante más de veinte años no me haya dado cuenta de que me atraen los chicos?

Se toma su tiempo para pensar qué decir, con la mirada yendo y viniendo hacia la ventana detrás de mí. —Tal vez porque nunca te diste permiso para sentirlo, con todo el control que ejerces sobre ti mismo. — Luego me acaricia la cabeza con firmeza un par de veces, aplastándome el pelo antes de que vuelva a levantarse. Su sonrisa pasa de suave a burlona—. Y quizá mantuviste tanto control justamente porque te permitía ignorar la verdad.

Sus palabras se me clavan y se quedan ahí, con un peso que me revuelve el estómago. Mi mirada se pierde más allá de ella, hasta la esquina de la calle donde el nombre del club parpadea en neón azul y rosa. Sebastian quizá ya esté aquí. Se me escapa una respiración larga y profunda que me deja la garganta seca. —No quiero entrar ahí —susurro.

Tanya juega un poco más con mi cabello y luego me acaricia el cuello. —Lo sé… —Toma su bolso y sonríe—. Pero también sé otra cosa.

—¿Qué?

—Que, en el fondo, te mueres por entrar y volver a verlo.

Despacio, la comisura derecha de mi boca se eleva. Sí, supongo que sí.

Satisfecha con mi respuesta silenciosa, Tanya se baja del auto y me espera en la banqueta. Doblamos la esquina hacia la entrada del club y, mientras le sostengo la puerta, ella da una vuelta frente a mí, retrocede dando un par de saltitos y anuncia: —¡Ok, vamos a emborracharnos! ¡Vamos a bailar! ¡Vamos de fiesta!

Mi sonrisa es contenida porque, aparte de Tanya, no tengo idea de qué me espera esta noche.

Feliz, ella me arrastra por el pasillo corto hacia el interior del club, esquivando gente a nuestro paso. La música se vuelve cada vez más fuerte, aunque sigue en un volumen que permite hablar sin gritar, siempre y cuando uno esté muy cerca del otro. Todo el lugar está bañado por luz ultravioleta que de vez en cuando cambia de azul a rosa. En el centro hay una pista de baile repleta de gente chocando y restregándose bajo la luz estroboscópica. A Tanya le encanta moverse y, con toda seguridad, en media hora se va a unir a ellos. Me insistirá para que vaya con ella, como siempre. No soy buen bailarín ni tengo ganas de aprender. Pero esta noche hay suficientes amigos de la universidad, y estarán encantados de ocupar mi lugar. Tal vez Tanya consiga que Felix baile con ella por una vez, aunque lo dudo.

Lo vemos más adelante, en la barra. Está tomando algo con Nikki, Elliot y tres personas que no conozco. Me dirijo directo hacia el grupo, obligándome a no dejar que la mirada se me escape por el lugar. No hay ninguna necesidad de toparme con Sebastian en los primeros dos minutos.

Tanya rodea a Felix por detrás y le cubre los ojos. Es completamente innecesario que intente adivinar quién es cuando ella le pregunta, no conociendo el tacto de sus manos, el aroma de su perfume y el sonido suave de su voz. Él se gira, le toma las muñecas y la acerca para darle un abrazo y un beso en la mejilla. —Hola a los dos. ¿Por qué se tardaron tanto? —La suelta y choca la mano con la mía a modo de saludo. Durante un segundo apoyamos los hombros, con los brazos entrecruzados, y nos damos una palmada en la espalda.

—No encontraba mis llaves —me salva Tanya de la vergüenza de decirle a mi amigo que estaba simplemente nervioso y matando el tiempo—. ¿Qué estás tomando? —Agarra su vaso con algún licor azulado de la barra, lo huele y luego da un sorbo. Probablemente para cambiar de tema.

Felix me pasa su trago y pide otros nuevos. Esta vez es un ron con cola. El segundo vaso, una cola sola con una rodaja de limón, es para mí. Conoce mis hábitos al beber, o más bien mi absoluta falta de ellos.

—Salud —dice cuando chocamos los vasos—. Por tres meses sin hacer nada para ustedes dos y por mucho más trabajo en la tienda para mí durante el verano.

Sonrío y doy un sorbo. Le encanta su trabajo y siempre se queja de que las vacaciones son demasiado largas.

—Por cierto —continúa, deja su vaso sobre la barra sin soltarlo del todo, con el antebrazo apoyado en el mostrador—. Sebastian también está aquí. Me lo encontré atrás hace unos minutos.

El aumento instantáneo de mis latidos es irritante como el demonio. Igual que la sonrisa de Felix. No sé qué acaba de delatar mi cara, pero es más que suficiente para él. Es demasiado bueno leyéndome. Ha tenido años para aprender. Dios, odio estar atrapado dentro de este cuerpo ahora mismo. Maldito traidor.

El club es grande, pero no enorme. Si buscas a alguien, basta con dar una vuelta y probablemente lo encuentres en menos de cinco minutos. Yo no lo hago. En cambio, aprieto el vaso con más fuerza y me concentro en mis amigos, intentando seguir la conversación durante, como mucho, veinte segundos. Luego mis ojos empiezan a desviarse hacia un lado, como si tuvieran voluntad propia.

Estoy tranquilo. Estoy relajado. Me importa un carajo, me digo. Hasta que mi mirada se queda clavada en un tipo a unos seis metros de distancia, con una gorra negra de Nike puesta al revés. Mi corazón da la primera voltereta real de la noche y se me sube directo a la garganta.

Sebastian está hablando con una mujer en tacones y un minivestido rojo. Dos tipos en jeans y camisetas de bandas la flanquean; uno está tan cerca que sin duda podría oler la pasta de dientes que usa mientras ella le sonríe a Sebastian. El otro mantiene un poco más de distancia, pero probablemente sea porque parece más interesado en lo que dicen los tipos que en ella.

Sebastian todavía no me ha visto, lo cual es bueno porque de verdad necesito un momento para recomponerme. Fiel a su código de vestimenta, vino con una camiseta gris oscuro y una camisa negra abotonada encima, llevada abierta. Tiene una mano metida en el bolsillo de sus jeans, de un tono apenas más oscuro de lo habitual y, por una vez, sin ningún agujero. En la otra sostiene una botella de cerveza. Debajo de las mangas cortas alcanzo a ver los tatuajes serpenteando por su brazo derecho. Le suman otra capa de calor a mi piel ya erizada y me recuerdan las horas intensas en mi departamento anoche.

—Ve y háblale —sisea Tanya a mi lado, quitándome la cola de la mano.

Al instante me aseguro de que ninguno de nuestros otros amigos haya escuchado eso, pero están ocupados con Felix. Estamos a salvo. Así que le lanzo una mirada fulminante. —No puedo.

—¿Por qué no?

—Porque… —Sí. Eso es todo. Mi gran razón—. Sintiéndome completamente perdido sobre cómo manejar esto, vuelvo a mirar en dirección a Sebastian. De inmediato me dan ganas de estrellarme la cabeza contra la barra, porque se ve jodidamente bien esta noche y, demonios, no puedo creer que apenas ahora me esté dando cuenta.

Levanta la botella hasta los labios mientras el más bajo de los dos tipos habla y parpadea despacio. Cuando vuelve a abrir los ojos con el siguiente destello de la luz estroboscópica, los tiene clavados directamente en mí.

Me quedo congelado.

Trago saliva.

No puedo apartar la mirada.

Así que nada de: todavía no me ha visto. Sabe exactamente dónde estoy. Probablemente me ha estado observando desde el momento en que entré al lugar.

Da un sorbo lento a la cerveza; luego se le inflan las mejillas con el trago antes de tragar y bajar la botella. Su mirada sigue fija en mí. ¡Mierda santa! Mi cuerpo está rígido como granito.

Solo cuando vuelve a prestar atención a sus amigos encuentro la fuerza para girarme. Tanya es mi ancla. Mi boya en la tormenta. Aquella en la que fijo los ojos, aterrorizado, para no entrar en pánico y salir corriendo del club. El sudor frío me hormiguea en la nuca.

—¡Por Dios, Raff! ¡Eres un bebé! —se ríe.

—Cállate —gruño—. Esto no tiene gracia. Me siento como… —Mierda, ni siquiera tengo una palabra para describir cómo me siento.

—¿Como un adolescente enamorándose por primera vez? —me provoca.

Suena demasiado acertado. —No sabría decirte.

—Porque nunca te has enamorado de nadie.

Entrecierro los ojos y dejo que se me cuele un matiz de reproche en la voz. —¿Podrías dejar esto, por favor? O al menos no hablar tan fuerte. —Para reforzar el punto, lanzo una mirada rápida a los demás a nuestro alrededor, pero ella sigue riéndose y me da unas palmaditas en la mejilla.

—Eres tan lindo. De verdad nunca pensé que te vería así de emocionado, cariño.

—¿Sabes qué? Ya no tengo ganas de ir de fiesta. —Me termino la cola y dejo el vaso sobre la barra—. Me voy a casa.

—¿Para escapar de Sebastian?

—Sí.

Sus cejas perfectamente depiladas se juntan. —Entonces será mejor que te apures.

—¿Por qué?

Un cuerpo roza suavemente el lado derecho de mi espalda. La piel se me eriza al instante. —Hola, Tanya. —Su voz amable suena junto a mi oído. Por cómo vibra, hay media sonrisa en los labios de Sebastian, una que Tanya imita al alzar un poco la mirada para encontrarse con la suya por encima de mi hombro.

—¡Hola! Qué bueno que viniste —responde ella, y luego toma su bebida azul de la barra—. Los dejo solos para que puedan…

Al instante le agarro la muñeca y la jalo de vuelta al lugar donde ha estado los últimos cinco minutos, cortándole cualquier intento de hablar con una advertencia silenciosa. —Ni se te ocurra.

Su sonrisa va dirigida a Sebastian; la expresión apenada, a mí. —O tal vez mejor me quede…

Debajo del persistente olor a humo seco y alcohol del club, me llega una fragancia ligera, a gel de ducha con un toque almizclado. Maldición. Es inquietante sentir su mirada clavada en el costado de mi cara cuando no soy capaz de moverme ni un centímetro, y mucho menos de devolverle la mirada.

Con el antebrazo apoyado en la barra, mis dedos se aferran al vaso vacío. Al menos tengo algo a lo que sujetarme, aunque sea frágil y ya debería estar aflojando un poco la presión.

Sebastian deja su cerveza sobre la barra, justo a mi lado. Sus dedos rozan mi codo, casi sin que se note, cuando se cierran alrededor de la botella. Así, su brazo queda extendido detrás de mí y todo su cuerpo se mantiene pegado a mi costado. —Bueno, vacaciones de verano entonces, ¿no? —le pregunta a Tanya cuando yo todavía no he dicho ni una sola palabra después de diez segundos—. ¿Van a viajar a algún lado?

Mientras ella le cuenta que probablemente vaya a ver a sus abuelos a Gales durante una o dos semanas, lo único en lo que puedo concentrarme es en el hombre a mi espalda, que parece exudar dominio por cada poro. Su respiración cálida me roza el cuello mientras su pecho sube y baja con firmeza contra mi espalda. Incluso la música parece haberse suavizado lo suficiente como para que pueda oír cada una de sus inhalaciones.

Mi pecho se agita al doble de velocidad que antes, pero poco a poco la respiración empieza a calmarse, acomodándose al ritmo de la suya. Solo mi corazón sigue completamente fuera de control. Y la lengua se me queda pegada al paladar.

—Eh, Rhyse —interrumpe Felix a Tanya cuando aparece de pronto a su lado, con ambas manos sobre los hombros de Elliot, guiando al chico japonés hasta nosotros y colocándolo frente a Sebastian—. Este es Elliot Kimito. Se mueve en el ambiente, organiza carreras y ese tipo de cosas.

Sebastian se aparta de mí y adopta de inmediato

una actitud profesional al estrecharle la mano al delgado estudiante de programación.

—A Elliot se le ocurrió una idea genial para organizar una carrera especial —continúa Felix. Su mirada se posa un segundo en mí. Yo solo frunzo el ceño.

—Al público le encantó cómo corriste la última vez en Enfield —explica Elliot, con los ojos brillantes de entusiasmo—. Creemos que una carrera entre ustedes dos tendría un impacto brutal. No hay riesgo para ninguno. La gente apostaría dinero por el resultado. ¿Qué dicen?

Sebastian ya no está detrás de mí, sino a mi lado, y esta vez, cuando gira la cabeza hacia mí, le sostengo la mirada. Siento cómo la sangre empieza a hervirme, pero me niego a dejar que se note.

Al final se encoge de hombros, con ese aire despreocupado tan suyo. —Claro, ¿por qué no? —Luego le da un sorbo a su cerveza. Yo giro la cabeza hacia Elliot y asiento con sequedad.

—¡Fantástico! —Elliot guarda el número de Sebastian en su teléfono y lo agrega al grupo exclusivo de carreras que tenemos en WhatsApp—. Lo programaremos para un viernes por la noche. Probablemente en dos o tres semanas, pero les avisaremos pronto. ¿Les parece bien?

Ambos asentimos y lo vemos regresar con los demás que están cerca. La intención evidente de Felix es seguirlo, pero Tanya lo frena en seco y lo obliga a acompañarla a la pista de baile. La pequeña bruja es tan rápida que esta vez no tengo oportunidad de protestar.

De pronto me quedo completamente solo con Sebastian, rodeado de desconocidos.

El pánico vuelve a subir como una ola y me giro para apoyar ambos antebrazos en la barra, haciendo girar el vaso vacío entre los dedos. Con tanta gente en el club, los bartenders tardan un rato en ponerse al día con los pedidos. Eso me da algo de tiempo para decidir si pido otra cola o una Sprite.

—¿Piensas hablar conmigo en algún momento esta noche?

Inclino la cabeza y miro a Sebastian a mi lado, captando de inmediato la ceja que arquea. Antes de que pueda decir algo más, echo un vistazo rápido por encima del hombro hacia donde están mis otros amigos. Nadie nos está mirando, pero incluso si lo hicieran, probablemente parecería que estamos hablando de la próxima carrera.

—¿De qué quieres hablar? —murmuro, aunque se siente mucho mejor fruncir el ceño contra el vaso vacío que volver a enfrentar su mirada.

—Ni idea, Raffael, la verdad. Pero un simple hola habría estado bien para empezar.

Cierro los ojos un instante, con el estómago hecho un nudo, antes de reunir el valor para girarme hacia él. —Hola.

—¿Ves? No era tan difícil, ¿o sí? —Da un sorbo a la cerveza y luego deja la botella sobre la barra, con la expresión volviéndose un poco más sombría—. Y nadie piensa que vayamos a follar aquí mismo sobre la barra por eso.

Clavo la mirada en el vaso entre mis manos. —¿No?

—No, Raff. ¡Joder, no! —Agarra la botella con ambas manos sobre la barra, da un pequeño paso atrás y deja caer la frente sobre los brazos—. Los hombres hablan entre ellos en todas partes, todos los días. No significa automáticamente que estén en una relación.

Esa última palabra me revuelve el estómago. —No quiero estar en una relación. —Contigo.

—No te lo estoy pidiendo —gruñe entre los antebrazos. Luego se endereza y suelta el aire—. Lo único que quiero ahora es pasar el rato contigo.

Pasar el rato ayer significó decirle a la gente que tal vez me gustan los chicos y, más tarde, recorrer con mis manos todo el cuerpo de Sebastian. ¿Cómo se supone que voy a lidiar con eso? Paso los pulgares de arriba abajo por el vidrio empañado y me concentro en la rodaja de limón que se hunde en el hielo derretido dentro del vaso. —No creo que yo sea la persona adecuada, ni siquiera para eso.

—¿Puedes mirarme a los ojos cuando dices eso? —exige, y no precisamente de buen humor.

Trago saliva. Me cuesta levantar la cabeza. Su mirada es tan intensa que se me cierra la garganta y la voz me sale áspera. —Todo esto va demasiado rápido para mí. No quiero ser así.

—¿Así cómo? —espeta—. ¿Bisexual?

Jesús. No debería usar esa palabra conmigo. Aprieto los ojos con fuerza. —No es lo que… soy. —Cuando vinimos aquí, pensé que podría manejar esto. A él. A mí. A esa atracción imposible de medir. Pero la verdad es que no puedo.

Sebastian espera un largo momento. Y solo cuando el silencio se vuelve insoportable y alzo la vista, dice con un tono apremiante: —¿De verdad quieres decirme que los chicos no te interesan más que las chicas? —Se mete una mano en el bolsillo del jean y casi aplasta la botella con la otra—. ¿Que no disfrutaste anoche conmigo? ¿Que no sentiste nada mientras estábamos sentados en tu sofá y me mirabas de reojo todo el tiempo? —Su expresión se oscurece todavía más cuando se inclina hacia mí. Su voz baja a un tono peligroso—. Mientras me tocabas.

Claro que sentí algo. De hecho, nunca me había sentido tan consciente de mí mismo.

Pero eran todas las sensaciones equivocadas. Nada bueno puede salir de esto. Afuera, en el auto, cuando hablé con Tanya, parecía mucho más fácil. Estar aquí ahora, frente al hombre que me quita el sueño, es más de lo que puedo soportar en este momento.

—No soy gay. Ni bisexual. Ni lo que sea —murmuro, evitando otra vez su mirada—. No puedo darte lo que estás buscando, así que lo mejor sería que dejaras la idea y encontraras a alguien que no sea yo para pasar el rato.

Pasa un segundo.

—Encontrar a alguien más… —repite, y no sé si su tono es de incredulidad o si solo está sopesando las palabras. Probablemente un poco de ambas cosas.

Asiento apenas con la cabeza y odio la opresión que me cierra la garganta. ¿Qué carajos me está pasando? Si no se va ahora mismo y devuelve las cosas a como eran antes de conocerlo, voy a quebrarme.

Sebastian suspira y, por el rabillo del ojo, lo veo apretar los labios, claramente sopesando algo. Al final apoya la palma de la mano con fuerza sobre la barra, como si acabara de tomar una decisión. —¿Sabes qué? Tienes razón —dice con frialdad—. Evidentemente no estás listo para esto. ¿Por qué debería seguir perdiendo el tiempo contigo?

Guau. Una lanza directa al corazón. La cabeza se me levanta sin que lo controle.

—La noche todavía es joven y odio dormir solo los fines de semana. —Su mueca helada le pone una punta ardiente a la lanza clavada en el pecho—. Cuídate, Raff.

Y se va.

Hundido, herido y jodidamente confundido, dejo caer la cabeza e ignoro a la chica joven al otro lado de la barra que por fin tiene tiempo de tomarme el pedido. Cuando pasa al siguiente cliente y luego se pone a preparar un cóctel, alguien ocupa el taburete a mi izquierda.

—Te ves fatal —dice Tanya, apoyando la mano en mi brazo—. Esa conversación no salió muy bien, ¿verdad?

—En realidad salió de maravilla —gruño—. Por fin entendió que no quiero nada con él.

—¿Le dijiste eso?

Asiento.

—¿Por qué le mentiste?

Esto es una mierda. Me separo de la barra. —Vuelvo enseguida. —Sin esperar un segundo más, me abro paso entre la gente y tomo el pasillo estrecho que lleva a los baños. Mientras frente al de mujeres hay una fila interminable, el espacio delante del de hombres está vacío. Una chica valiente, con el cabello rosa y una sudadera negra, sale justo cuando yo entro. Me dedica una sonrisa rápida, que me obligo a devolver mientras le sostengo la puerta.

Una vez solo en el baño, apoyo las manos en el borde del lavabo blanco y sencillo y fulmino con la mirada a mi reflejo. No soy gay. Definitivamente no. Los gays se ven distintos. Yo me veo igual que en los últimos días, semanas y meses. No me gustan los chicos. Me follo chicas en mi cuarto de juegos. He besado a Tanya un millón de veces.

Maldita sea, yo simplemente no. Soy. Gay.

Después de echarme un poco de agua en la cara y secarme con un par de toallas de papel del dispensador, regreso al club y me dejo caer en un taburete junto a Tanya. Está hablando con Felix y dos chicas con las que la he visto juntarse bastante en la universidad este año, aunque no tengo idea de cómo se llaman. También hay algunas personas de mis cursos de arquitectura moviéndose por el club, pero no tengo el ánimo para acercarme a saludarlos ni para celebrar nada ahora mismo. Preferiría celebrar solo. Sebastian ya no está. Vuelvo a ser heterosexual. ¿Victoria? ¿A quién le importa?

Cuando el barman, con su camiseta negra del club,

me pregunta otra vez qué quiero tomar, dejo las llaves del auto sobre la barra y pido una botella de Eristoff Ice.

—¿Estás bien? —pregunta Tanya en voz baja después de despedirse de sus amigos y acercarse a mí. Su mirada preocupada se detiene en el vodka, las llaves y luego en mis ojos.

En lugar de responder, llevo el cuello de la botella a los labios y doy un trago largo. Nada mal. Veamos cuántos de estos amiguitos puedo bajarme antes de que cierre el club.

—Raffael, me preocupas. Tal vez deberíamos dar la noche por terminada e irnos a casa —dice a mi lado, mientras mi mirada sigue clavada en los estantes repletos de botellas detrás de la barra.

—O ir por una hamburguesa a algún lado, ¿qué te parece? —sugiere Felix, que claramente ya perdió el interés en las dos amigas de Tanya.

Una hamburguesa suena bien. Más vodka suena mejor. —Ustedes hagan lo que quieran —les lanzo una mirada severa—. Estoy bien. Dejen de preocuparse.

—Estás bebiendo —señala Tanya, completamente seria.

—¿Y qué? —me encojo de hombros—. Ustedes dos beben todo el tiempo. Y puedo tomar un taxi hasta

Mayfair. No voy a destrozar el auto esta noche.

—No es eso lo que nos preocupa, amigo —dice Felix—. No vas a… —Se queda en silencio cuando dos tipos se apoyan en la barra a mi otro lado, uno de ellos con una gorra negra de Nike puesta al revés.

Lleno de una conmoción absurda, me giro con los ojos demasiado abiertos. Sebastian está de espaldas a mí, lo bastante cerca como para que pueda sentir el calor de su cuerpo. No dice ni una palabra, pero por encima de su hombro alcanzo a ver el brillo embobado en los ojos de su acompañante más joven. Lo conozco. El tipo de rizos castaños y sudadera gris es Noah Scott. Tiene veintidós años y estudia arquitectura conmigo.

Sebastian pide una cerveza y un Red Bull para ellos, luego chocan las bebidas y se ríen mientras continúan una conversación descaradamente coqueta que, sin duda, empezó hace unos minutos.

—Creo que deberíamos irnos ya —la voz grave de Tanya me llega entre el bajo retumbante. Yo solo niego con la cabeza.

Aunque dudo que Sebastian sepa que Noah y yo somos compañeros de clase, es evidente que lo trajo aquí por una razón. Podrían haber encontrado cualquier otro rincón de este maldito club para coquetear. Pero eligió justo el sitio a mi lado para demostrar algo.

Pues bien… adelante.

Con el codo apoyado en la barra y la mirada fija, estoica, en los estantes de enfrente otra vez, dejo que un poco del líquido frío me entre en la boca, lo hago rodar una vez y luego lo trago. No necesito mirarlos. Basta con oírlos y sentir el cuerpo de Sebastian demasiado cerca del mío.

El silencio solícito de Felix y Tanya a mi otro lado es casi tan molesto como la jodida parejita enamorada a mi derecha.

—¡Eh, Raff! —suelta Noah de pronto, inclinándose medio cuerpo alrededor de Sebastian sobre la barra—. No estaba seguro de que vinieras esta noche.

—Noah —murmuro con indiferencia, a modo de saludo, contra la boca de la botella. Me cae bien. Es buen tipo. Pero ahora mismo preferiría que no me hablara. Ninguno de los dos.

Mi Hada Madrina no favorece a los desesperados. Mi deseo es ignorado.

—Entonces… ¿ustedes dos se conocen? —La voz intrigada de Sebastian tiene un dejo de burla privada cuando se gira hacia mí—. Qué bien. ¿Llevan alguna materia juntos en la uni? —Por el rabillo del ojo lo veo pasarle un brazo por el cuello a Noah y atraerlo más hacia él. El pecho se me encoge un poco.

—Matemáticas, modelado 3D y dibujo —responde

Noah con una risita. Yo diría que me lleva varias copas de ventaja.

—¿Ah, sí? —ronronea Sebastian, y cometo el error de girarme apenas un poco en su dirección, ignorando la mano de Tanya en mi brazo. Sebastian acerca a Noah y roza su nariz contra su mejilla—. ¿Entonces tú también vas a ser arquitecto? —murmura con lascivia junto a su oído.

Me muerdo el interior de la mejilla hasta saborear sangre. ¿Por qué carajos no pueden irse a un reservado tranquilo en otro lado?

—Raffael… —susurra Tanya, casi suplicando.

Cierro los ojos un instante y gruño lo suficientemente bajo como para que solo ella me oiga. —Déjame en paz. —Retira la mano y cruza una mirada preocupada con Felix, pero él sabe cuándo no meterse y se limita a negar con la cabeza. Con un suspiro cargado de frustración, ella agarra un puñado de cacahuates de uno de los muchos cuencos de la barra y se los echa a la boca.

Al otro lado de mí, la boca de Sebastian sigue pegada a la oreja de Noah, haciendo todo tipo de cosas, lamiendo y mordisqueando. Noah tiene los ojos cerrados y, apoyado de espaldas en la barra, se limita a disfrutar del trato del tipo por el que me siento tan extrañamente atraído.

Tengo la garganta seca como las llanuras de Australia. Doy otro sorbo al vodka. No sirve de una mierda. Están tan cerca que puedo ver cada uno de sus movimientos, aunque no quiera. Pero, como con los accidentes, es horrible mirar y aun así no puedes apartar la vista.

Cuando Sebastian empieza a besar un camino desde la oreja de Noah hasta la comisura de su boca, algo dentro de mí se convulsiona. Deseo con todas mis fuerzas que esa sensación desaparezca. Que pudiera lanzar la botella contra la pared y largarme.

O que él se detuviera.

Pero no lo hace.

Noah levanta las manos hasta el pecho de Sebastian y lo frena apenas un poco mientras murmura: —¿Crees que este sea el lugar adecuado para llegar a eso?

—Podemos irnos si quieres —responde Sebastian—. Mi auto está estacionado a la vuelta.

Creo que voy a vomitar.

La voz de Noah se vuelve necesitada. —¿Tienes suficiente espacio en ese auto?

—Es un buen auto. Te va a gustar —arrastra Sebastian, metiendo la mano por debajo de la sudadera de Noah.

Y hay una sola maldita palabra que se me clava en la cabeza.

CAPÍTULO 13

Sebastian

Quiero a Raff. Más que a nadie, más que a cualquier cosa que haya querido antes.

Nunca he tenido que lidiar con chicos inexpertos. Todos los que conocí hasta ahora tenían muy clara su sexualidad y la vivían sin reservas. No hacía falta ser cuidadoso ni ir despacio. Pero con Raffael, todo es distinto.

Lo que hizo anoche, esos roces tímidos en el sofá, fue lo más dulce que he visto o vivido jamás. Y me aceleró el corazón de una manera que no sentía desde hacía mucho tiempo. Estaba dispuesto a dar cada paso con cautela para acompañarlo en este mundo completamente nuevo. Podía tomarse todo el tiempo que necesitara para entender el cambio monumental que estaba ocurriendo dentro de él. Yo creía que podía esperar.

Pero si cierra las puertas sin siquiera darnos una oportunidad, mi paciencia se acaba. ¿Quiere que me vaya al carajo y busque a alguien más? Bien. Puedo hacerlo. A ver qué tal le parece.

Traer a Noah al bar para enrollarme con él fue intencional. Que eligiera justo a uno de los compañeros de clase de Raffael no lo fue. De todos modos, el tipo parece agradable y es fácil. No necesito endulzarlo durante una eternidad. Si quiero follar esta noche, va a estar dispuesto.

Una botella de vodka está frente a Raff y me llama la atención. No sé muchas cosas sobre él todavía, pero sé que normalmente no bebe alcohol. Las llaves de su auto están junto a la botella, sobre la barra. ¿Así que quiere emborracharse? Bueno, tal vez por una vez le haga bien.

La mirada suplicante de Tanya desde detrás de Raffael es difícil de ignorar. ¿Qué espera de mí? Su amigo vive en un mundo lleno de reglas de mierda que dicen que no puede enamorarse de un hombre. De acuerdo. No voy a volver a tocar a Raff jamás. Antes de separarnos para siempre, sin embargo, Raff necesita ver que dos hombres pueden divertirse juntos y no prenderse fuego de inmediato en las llamas del infierno. Nadie a nuestro alrededor está mirando. Y los que lo hacen son, en su mayoría, chicas embobadas que claramente encuentran esto bastante atractivo.

Raffael necesita aprender que los tiempos han cambiado desde la Edad de Piedra. Y también la mentalidad de la gente. Puede que yo no sea quien haga todas esas cosas dulces con él por primera vez. Pero algún día, alguien lo hará. Y por su bien, de verdad espero que cuando eso pase pueda dejarse llevar y simplemente disfrutarlo.

Un músculo le palpita en la mandíbula a Raffael cuando rodeo el cuello de Noah con mi brazo. Sí, duele, ¿verdad? A mí tampoco me gustó que antes me mandara directo al infierno.

Noah va a ser una follada por frustración esta noche, pero sin duda una buena. Ni siquiera es mi tipo; solo fue el más fácil de encontrar en cuestión de minutos. Si no me estuviera acostando con él, ya habría caído en los brazos del siguiente tipo y encontrado diversión ahí. Disfruto del sexo sin compromisos.

Pero me habría gustado mucho más compartir una copa con Raffael esta noche.

Apretando los dientes, lucho por ignorar su rigidez tensa en el taburete a nuestro lado y me concentro en seducir a Noah. Cuanto antes salgamos de aquí, mejor. Aunque quizá debería dejar de respirar tan hondo cuando le mordisqueo la oreja, porque el tipo usa una loción para después de afeitar que me revuelve el estómago de repulsión. Y se puso un montón.

Deslizo los labios en línea hacia su boca, listo para probarlo por primera vez. Está tomando Red Bull. No es algo que me entusiasme y, sin duda, va a arruinar el sabor del beso. ¿Por qué tengo tantas ganas de meterle una maldita Sprite por la garganta ahora mismo? Uf.

Mis labios se quedan suspendidos a poco más de un centímetro de la comisura de su boca. Solo hace falta un movimiento mínimo de mi parte. Mis ojos se desvían hacia un lado y encuentran la mirada destrozada de Raffael, fija en nosotros. Tiene el rostro blanco como la nieve mientras aprieta la botella de Eristoff con la fuerza suficiente como para convertirla en un diamante.

No es mi problema. Que se joda. Dejó claro que no quiere nada conmigo. Ni siquiera quiere darnos una oportunidad.

No más besos. No más caricias. No más videojuegos en su casa.

Su garganta se contrae cuando traga saliva. Hay una

súplica muda en su mirada. ¿Para que me detenga? ¿Por qué debería hacerlo?

Cierro los ojos, expulso un aliento que ni siquiera sabía que estaba conteniendo y bajo mis labios hasta la boca de Noah.

—Titanio… —El sonido repentino y ronco se le arranca de la garganta a Raffael.

Y me quedo paralizado.

Continuará…

ANNA KATMORE
Rompiendo los
LÍMITES

ROMPIENDO LOS LÍMITES

Las reglas del cuarto de juegos de Raff me abren la puerta a su cama. Pero romper el titanio es mucho más complicado.

Después de que Raffael me deja sin palabras en el club, llega el momento de cambiar un poco las reglas de nuestro juego. Él decidirá cuándo esté listo para besarme. Todo lo demás queda en mis manos a partir de ahora.

Sebastian es el desafío más peligroso al que me he enfrentado.

Su contacto libera una pasión encadenada que no sabía que llevaba dentro. Nada se había sentido nunca tan prohibido… ni tan increíble al mismo tiempo.

Mi mundo se descarrila. Y no sé cómo volver a encajarlo.
O si siquiera quiero hacerlo…

HIGH SCHOOL PLAYERS
Juega conmigo
Juego injusto
Desastre de amor
Un rebelde para Sue
El rebelde enamorado
La apuesta imposible
Cállate y bésame

AMOR EN LA NIEVE
Luciérnagas de invierno
Tú eras mi eternidad
*

Diecisiete mariposas

CORAZONES ROTOS
Rompiendo las reglas
Rompiendo los límites
Rompiendo el titanio

LEYENDAS DE NEVERLAND
Cayendo en los sueños de Nunca
La caída del tiempo
Corazón pirata

PÁGINAS SUSURRANTES
Ningún príncipe para Caperucita Roja
Un lobo en su destino

*

Eloyn
Lágrimas de Ángel
Mi vampiro secreto

Escribo historias porque no puedo respirar sin hacerlo.

Anna Katmore vive en un mundo encantador creado por ella misma. Un lugar donde la lógica espera pacientemente en la entrada y solo los soñadores pueden pasar. Pero cuidado: una vez que cruces el umbral, quizá no quieras marcharte jamás.

Disney no es solo su pasión; es su manera de ver la vida. Si pudiera, envolvería el mundo con un poco de polvo de estrellas para salvarlo de sí mismo. Su patronus es un lobo. Su varita, una ramita rota de manzano de 13¾ pulgadas, está llena de encanto. Y aunque siempre lleva purpurina en los zapatos, mantiene una distancia prudente de las zapatillas de cristal de Cenicienta. Demasiado arriesgado… algo podría romperse.

Para más magia, visita *www.annakatmore.com*